Obra de Gabriel García Márquez
1981

Crónica de una muerte anunciada

加西亚·马尔克斯 著
魏然 译

一桩事先张扬的凶杀案

南海出版公司

新经典文化股份有限公司
www.readinglife.com
出 品

寻情逐爱

犹如一场高傲的围猎

——希尔·维森特[①]

[①]希尔·维森特（Gil Vicente，1465 – 1536），葡萄牙剧作家、诗人。

圣地亚哥·纳萨尔被杀的那一天，清晨五点半就起了床，去迎候主教乘坐的船。夜里他梦见自己穿过一片飘着细雨的榕树林，梦中他感到片刻的快慰，将醒来时却觉得浑身都淋了鸟粪。"他总是梦见树。"二十七年后，回忆起那个不祥的礼拜一的种种细节时，他的母亲普拉西达·利内罗这样告诉我。"之前那个礼拜，他就梦见自己一个人坐着锡纸飞机，自由自在地在巴旦杏树林里飞行。"她对我说。她以替人解梦赢得了名声，只要在早餐前把梦讲给她听，她便能准确无误地详释一番。可她没有从自己儿子的这两个梦中瞧出什么端倪；他在被杀之前的好几个早晨都向她说起与树有关的梦，她却没有看到丝毫噩兆。

圣地亚哥·纳萨尔自己也没有任何预感。那天晚上他和衣而眠，睡得不长，也不踏实，醒来时觉得头痛得厉害，嘴里像是含着铜马镫的碎屑。他以为这是婚礼上饮酒欢闹的结果，那场婚宴直到后半夜方才结束。此外，从他清晨六点零五分离开家，到一个钟头之后像挨宰的猪一样被人刺死，这期间许多人见过他，都记得他略有些疲倦，但心情似乎不错，他对遇到的每个人都不经意地说过一句：多美的一天啊。可谁也拿不准他指的到底是不是天气。一些人不约而同地回忆说，那是一个阳光明媚的早晨，海风拂过香蕉园徐徐而来，算是那个时节里惬意的二月天了。但在大多数人的记忆中，那天早晨阴郁凄凉，天空浑蒙而低沉，四下弥漫着死水的浓重气味，在那个不幸的时刻还下了一阵小雨，正如圣地亚哥·纳萨尔在梦中树林里见到的景象一样。那时的我正在玛利亚·亚历杭德里娜·塞万提斯温存的怀抱里，从婚礼狂欢后的倦怠中渐渐缓过劲儿来。教堂的警钟敲响时,我还没有彻底睡醒,以为那是迎接主教的钟声呢。

圣地亚哥·纳萨尔穿的是未浆过的白色亚麻裤子和衬衫,跟前一天参加婚礼时穿的一样。那是一身出席特殊场合的礼服。倘若不是迎接主教,他就会换上卡其布外套和马靴,每逢礼拜一去圣颜牧场的时候,他都是这身打扮。牧场是从他父亲手中继承来的,他小心谨慎地经营着,可惜财运不佳。在牧场上,他腰里总别着点三五七马格南手枪,据他说,手枪的钢弹头能把一匹马拦腰击断。到了打山鹑的时节,他还会架上猎鹰。他的枪械柜里收藏着一支曼利彻尔-施奈尔三零点零六来复枪、一支荷兰造马格南三〇〇来复枪、一支装有双倍望远镜瞄准器的大黄蜂点二二步枪和一支温切斯特连射步枪。跟他父亲一样,他睡觉时总要把手枪藏在枕套里,可那天出门前他却卸下子弹,把手枪收进了床头柜的抽屉。"上了子弹的枪,他不会随便乱放的。"他母亲告诉我。这一点我清楚,我还知道他会把枪放在一个地方,而把子弹藏到相隔较远的另一个地方,这样一来,即便偶然有人禁不住诱惑,也无法在他家里把子弹上膛。这条明智的规矩是他父亲传下来的,因为有一天早晨,一个女仆抖弄枕套想取出枕芯的时候,手枪摔到地上走了火,子弹击穿房间里的橱柜,透过厅堂的墙,像在战场上似的尖啸着飞过邻居家的餐厅,把广场另一端教堂主祭坛上真人大小的圣徒像打成了一堆石膏粉末。当时圣地亚哥·纳萨尔还是个孩子,但那次倒霉的教训让他难忘。

母亲最后一次看见他时,他正快步走过卧室。他想摸黑钻进浴室,从药箱里找出一片阿司匹林来,母亲被他吵醒了。她打开灯,看见他正站在门口,手里端着一杯水。从此以后一想起他,她眼前就浮现出这个场景。圣地亚哥给她讲了刚做的梦,可她没留意梦中的树。

"凡是梦见小鸟,都是身体健康的预兆。"她说。

当我重返这个被遗忘的小镇,想将散落的残片重新拼成记忆之镜时,我看见她卧在吊床上,苦熬暮年的最后光阴,她曾经就在这同一张吊床上用同样的姿势端详着自己的儿子。即使在白天,她也辨别不出旁人的轮廓。她的太阳穴上贴着几片草药叶子,用来缓解儿子最后一次走过卧室时给她留下的永难治愈的头痛。她侧着身子,抓住吊床一头的绳结想坐起来。房间的昏暗处弥散着那个罪恶的清晨曾令我惊悸的洗礼池的气味。

我刚跨进卧室的门槛,她就把我与记忆中的圣地亚哥·纳萨尔混淆起来。"他就站在那儿,"她对我说,"穿着一身清水洗过的白色亚麻衣裤,他皮肤太嫩,受不了上浆衣服的粗硬。"好长一段时间,她呆坐在吊床上,嘴里嚼着独行菜籽,直到儿子归来的幻象从眼前消散,她才叹了口气说:"他就是我的命。"

我在她的回忆里看见了圣地亚哥·纳萨尔。一月份的最后一个礼拜,他刚满二十一岁。他身材颀长,面色苍白,继承了父亲阿拉伯人的眼睑和鬈发。他是一对纯为利益结合、从未享受过幸福的夫妇的独子，可他似乎跟父亲相处得很融洽。三年前父亲突然去世，他跟孀居的母亲继续愉快地生活了一段时间，直到那个礼拜一被人刺死。他继承了母亲的天性，从父亲那儿则自幼学会了操持枪械、爱护马匹、驾驭鹰隼，还习得了父亲的勇气和审慎。父子俩讲阿拉伯语，但是从不当着普拉西达·利内罗的面说，生怕她觉得受到排斥。他们在镇上从来不带武器，仅有一次，人们看见他们把训好的鹰隼带出来，那是为了去赈济义卖会上做高空围猎表演。父亲的死迫使他在中学毕业后辍学，接手经营自家的牧场。圣地亚哥·纳萨尔有不少优点，他生性快活、为人平和、心胸宽广。

在他即将被害的那一天，母亲见他穿着一身白衣服，以为他弄错了日期。"我提醒他今天是礼拜一。"她告诉我。可他解释说，穿礼服是为了万一有机会，他想吻主教手上的戒指。她对此却丝毫不感兴趣。

"主教不会下船的，"她说，"出于义务，他会同往常一样念一段祝祷词,然后就原路返回。他讨厌这个镇子。"

圣地亚哥·纳萨尔知道她是对的,但教堂的华丽壮观对他而言有种无法抗拒的魅力。"就像进了电影院。"有一回他对我说。而他母亲在主教莅临的那一天操心的唯一一件事,只是别让儿子淋了雨,因为她已经听到圣地亚哥·纳萨尔在梦里打喷嚏了。她劝他带上把雨伞,可他却挥挥手向她告别,走出了房间。那是母亲最后一次见到他。

厨娘维多利亚·古斯曼很确定地说那天没有下雨,而且整个二月都没有雨水。"正好相反,"在她临死前不久我去探访时,她这样说,"日头很足,天热得比八月间还早。"圣地亚哥·纳萨尔走进厨房的时候,她正把三只兔子剁成块儿准备做午饭,几只垂涎的狗围着她打转。"他起床时总是一副没睡好的颓丧相。"维多利亚·古斯曼毫无感情地回忆道。她的女儿迪维娜·弗洛尔那时正是含苞待放的年龄,她按每个礼拜一的惯例，给圣地亚哥·纳萨尔端上一杯兑了甘蔗烧酒的苦咖啡，帮他摆脱头天夜间留下的疲惫。宽敞的厨房里，火苗呼呼地燃着，母鸡趴在笼架上，有种悄然诡秘的氛围。圣地亚哥·纳萨尔又嚼了一片阿司匹林，坐下来呷了几小口咖啡，慢慢地思考着，眼睛没有离开过那两个在炉台边掏洗兔子内脏的女人。维多利亚·古斯曼虽然上了年纪，身材却没有走形，她的女儿则有点野性，似乎被正在发育的腺体鼓噪得憋闷不安。当女孩来收空杯子的时候，圣地亚哥·纳萨尔一把攥住了她的手腕。

"是该驯一驯你的时候了。"他对她说。

维多利亚·古斯曼朝他亮了亮沾满血的刀。

"把手撒开，白佬，"她厉声喝道，"这杯水你喝不成，只要我还活着。"

她在最光艳的少女时代曾被易卜拉欣·纳萨尔引诱过。他在牧场的牲口棚里偷偷同她幽会了几年，激情退却后就把她带回家做了女佣。迪维娜·弗洛尔是她和最后一个情人的女儿，这姑娘认为自己注定会被圣地亚哥·纳萨尔悄悄弄上床，这个念头让她过早地开始焦虑。"像他那样的男人再也没有了。"迪维娜·弗洛尔对我说，此时的她身形臃肿，容颜衰老，身边围着其他几场情事留下的儿女。"跟他父亲一样，"维多利亚·古斯曼回了一句，"都是下流坯。"但是当她回忆起自己剖开兔子把热气腾腾的内脏扔给狗吃时圣地亚哥·纳萨尔那一脸惊骇的样子，她也不禁打了个寒战。

"别那么野蛮，"圣地亚哥对她说，"你就想想，假如它是个人。"

维多利亚·古斯曼用了近二十年的时间才明白，一个习惯了屠宰毫无防范之力的牲口的人，怎么会突然变得那么恐惧。"我的上帝！"她吃惊地叫道，"原来那一切都是预兆！"然而，发生凶案的那个早晨她太过愤恨，于是继续把兔子的内脏扔给狗吃，存心要给圣地亚哥·纳萨尔的早餐添些恶心。就在这时，主教乘坐的汽轮抵达码头,轰鸣的汽笛声唤醒了整个小镇。

那栋房子原来是一座两层的货仓,粗糙的厚木板墙壁,锌皮尖屋顶,兀鹫站在屋顶上注视着河港里的垃圾。建造货仓的时候正值河运便利,许多海上驳船甚至一些高桅帆船都能冒险通过河湾的沼泽地开到这里。内战结束后,当易卜拉欣·纳萨尔和最后一批阿拉伯人来到这个小镇时,由于河水改道,海船已经开不进来,货仓也就闲置了。易卜拉欣·纳萨尔以极便宜的价钱把它买下,预备开一家他从未经营过的进口物品商店。直到他要成家时,才把房子改造成了住所。他在底层辟出一间大的厅堂,处理一应杂务;又在房子后面盖了一间马厩,养了四匹马;还加了几间用人房和一个供牧场使用的厨房,厨房的窗户朝向码头,河水的臭气随时都会飘进来。厅堂里唯一原封未动的是一架从遇难沉船上抢捞出来的螺旋形楼梯。二楼是从前的海关办公室,现在隔出两间宽敞的卧房和五间小寝室，那是为他预想中的众多儿女准备的。他还建了一个木制阳台，可以俯瞰广场上的一排排巴旦杏树。三月的每个下午，普拉西达·利内罗都会闲坐在那儿排遣寂寞。房子正面的大门被保留下来，安了两扇用车床旋过的木头做框的落地窗户。屋后的大门也保留了下来，只是稍微改高了些，方便马匹出入，同时仍可利用旧码头的一部分。后门用处最多，从这里可以直接去往马厩和厨房，而且它还临着通向新码头的大街，无需从广场绕行。正门除了节日以外，通常都上着门闩。然而，要杀圣地亚哥·纳萨尔的人恰恰就守在正门，而不是后门；圣地亚哥也正是从这扇门走向码头去迎接主教的，尽管为此他不得不围着院子绕上一圈。

没有人能理解为什么会出现这些致命的巧合。从里奥阿查来的预审法官也一定有所觉察，他虽然不敢承认，但却竭力想给出合理的解释，这一点在预审报告中表现得很明显。朝向广场的正门被提到多次，而且像在惊险小说里一样被称为"死亡之门"。事实上，唯一合乎情理的是普拉西达·利内罗的解释，她以母亲的智慧回答了这个问题："我儿子穿礼服的时候，从不打后门进出。"但这个真相太过简单，法官只把它列在一条旁注里，根本没有写入预审报告。

至于维多利亚·古斯曼，她一口咬定她和她的女儿都不知道有人要杀圣地亚哥·纳萨尔。直到多年以后，她终于承认在他走进厨房喝咖啡之前，她们已经听说了那个消息。清晨五点钟，一个过路的女人上门讨牛奶喝的时候告诉了她们，还透露了行凶的原因和准备下手的地点。"我没有提醒他，我以为那只是醉鬼的疯话。"她对我说。然而，迪维娜·弗洛尔在她母亲过世后向我坦白，她母亲没有告诉圣地亚哥·纳萨尔，是因为打心底里希望有人杀了他；而她自己也没有说，则是因为当时的她不过是个吓坏了的小丫头，拿不了主意。当圣地亚哥·纳萨尔攥住她手腕的时候，她更是吓得魂飞魄散，那只手如石头一般冰凉，活像死人的手。

圣地亚哥·纳萨尔被主教船上欢快的汽笛声催赶着，迈着大步穿过昏暗的院子。迪维娜·弗洛尔跑在前面替他开门。她在餐厅里沉睡着鸟雀的笼子间、在厅堂中的柳条家具和悬吊着欧洲蕨的花盆间匆匆穿过，尽量不让他赶上，可当她卸下门闩时，还是没能逃脱那只鹰爪。"他一把抓住了我的私处，"迪维娜·弗洛尔对我说，"碰见我一个人待在房子的角落里时，他常常这么干，可那天我不像往常那样害怕，只有一种想大哭一场的冲动。"她挣脱开让他出门。透过半开的大门，她瞥见广场上的巴旦杏树在破晓的晨光中像是落了一层雪，可她没有胆量再去看别的东西。"那时汽笛声已经停了，公鸡开始报晓，"她告诉我，"鸡鸣声太大了，真难以相信镇上有那么多公鸡，我还以为它们是坐着主教的船来的。"她为这个从未属于她的男人所做的唯一一件事，就是违背了普拉西达·利内罗的命令，没有插上门闩，让他在危急时刻可以退进门来。有一个始终没能查明身份的人从门下塞进一封信,提醒圣地亚哥·纳萨尔有人正等着要杀他,信上写明了地点、动机和其他有关这场密谋的准确细节。圣地亚哥·纳萨尔出门时,这封信就丢在地上,但是他没有看见,迪维娜·弗洛尔也没有看见,直到凶杀案发生后很久才有人注意到它。

六点的钟声已经响过,路灯仍旧亮着。巴旦杏树枝头和一些房屋的阳台上还挂着庆祝婚礼的彩色花环,就好像是为了迎接主教才刚刚挂上去的。铺着细砖的广场上和设有演奏台的教堂门廊里,堆满了饮酒作乐后留下的空瓶和各种废品,俨然成了垃圾站。圣地亚哥·纳萨尔走出家门时,许多人正在轮船汽笛的催促下向码头跑去。

广场上只有教堂旁边的牛奶店正开门营业,准备要杀死圣地亚哥·纳萨尔的两个男人就坐在那儿等着他。老板娘克洛蒂尔德·阿门塔在晨曦中第一个看到了圣地亚哥·纳萨尔,恍惚觉得他穿着铝制的衣服。"他那时已经像个幽灵。"她对我说。准备行凶的那两个人怀揣着裹在报纸里的刀，坐在长凳上睡着了，克洛蒂尔德·阿门塔屏住呼吸，生怕把他们吵醒。

那两个人是孪生兄弟佩德罗·维卡里奥和巴勃罗·维卡里奥，当时二十四岁。他们长得非常像，很难分辨出来。"他们相貌粗陋，但心地善良。"预审报告上这样措辞。我从小学起就认识这两个人，换作是我也会这么写。那天清晨他们还穿着参加婚礼时的深色礼服，对于加勒比地区而言，显得太厚也太正式。数小时的煎熬令他们面容憔悴，不过他们还是尽义务地刮了胡子。他们从婚礼前夜就一直在不停地喝酒，三天之后却已经不醉了，像两个失眠的梦游症患者。在克洛蒂尔德·阿门塔的店里等了近三个小时之后，兄弟两人在清晨的第一缕微风中睡着了，这是他们自礼拜五以来头一次入眠。轮船的第一声汽笛差一点将他们吵醒，不过在圣地亚哥·纳萨尔出门的那一刻，两个人本能地清醒过来。他们紧紧抓着裹在报纸里的刀，佩德罗·维卡里奥正准备起身。

"看在上帝的分上，"克洛蒂尔德·阿门塔低声道，"这会儿让他去吧，可别冒犯了主教大人。"

"是圣灵的旨意。"她经常这么说。那的确是神灵相助，不过只起了片刻的作用。听了她的话，孪生兄弟迟疑起来，已经起身的那位又坐了下去。两个人盯着圣地亚哥·纳萨尔穿过广场。"不如说他们是在同情地看着他。"克洛蒂尔德·阿门塔说道。那个时候，修女学校的小姑娘们穿着孤儿的制服乱哄哄地跑过广场。

普拉西达·利内罗说得对，主教没有下船。除了官员和学生，还有很多人挤在码头上，装着大肥公鸡的背篓随处可见，那是人们献给主教的礼物，因为鸡冠汤是主教最喜欢的一道菜。装卸码头上堆满了木柴，轮船至少需要两个钟头才能装完。但是船没有停下来。它像火龙一样嗡鸣着出现在河道的转弯处。乐队奏起了主教颂歌。背篓里的公鸡也开始打鸣，惹得全镇的鸡都跟着叫起来。

那时候，烧木柴的传奇的明轮船已经很少见，尚在使用的少数几艘也没有了自动钢琴和蜜月客舱，而且几乎无法逆流航行。但这一艘是新造的，有两个烟囱而不是一个，上面还绘有袖章般的旗帜。船尾的木桨轮产生的动力不亚于海船。身穿白色法袍的主教和他的西班牙随从站在靠近船长室的栏杆旁。"有一种圣诞节的气氛。"我妹妹玛戈特曾经这样说。据她讲，轮船经过码头时，汽笛一响喷出一股高压蒸汽，把最靠近河岸的人喷得浑身透湿。那是一种转瞬即逝的幻象：主教面朝码头上的人群，在空中画了个十字，然后机械地重复着这个动作，不带丝毫情感，直到轮船驶离人们的视线，留下鸡鸣声一片。

圣地亚哥·纳萨尔有理由感到失望。他为了响应卡门·阿马尔多神父的公开倡议，捐了若干担柴火，还亲手挑了几只鸡冠特别让人垂涎的公鸡。不过，那不悦只是一时的。我妹妹玛戈特当时和他一起站在码头上,觉得他兴致很高,神采奕奕得像是要继续欢庆,尽管那几片阿司匹林丝毫没能缓解他的不适。"他不像是感冒了,只是一心想着那场婚礼的开销。"她告诉我。那时克里斯托·贝多亚跟他们在一起,他透露的数字更令人惊讶。前一晚他和我、圣地亚哥·纳萨尔一起热闹到将近凌晨四点,之后他没有回父母家睡觉,而是待在祖父母那儿闲聊。在那里他听说了许多项要加进婚礼开销的条目。他细数着总共宰了四十只火鸡、十一头猪宴请宾朋,新郎还让人在广场上烤了四只牛犊供全镇人享用。他还说,人们在狂欢中喝光了两百零五箱走私酒和近两千瓶甘蔗烧酒。无论贫富,全镇没有一个人不以某种方式参加了这场前所未见、声势浩大的婚礼。圣地亚哥·纳萨尔做白日梦般地大声喊道:

"我的婚礼也要像这样,"他说,"让他们一辈子也讲不完。"

我妹妹觉得好像有天使从身边飞过。她又一次想到了弗洛拉·米格尔的好运,她的生活是那样富有,到了那年圣诞节,圣地亚哥·纳萨尔也将归属于她。"我突然意识到,再也找不到一个比他更出色的对象了。"她对我说,"你想想看,他英俊、体面,二十一岁就有了自己的家业。"我们家里做木薯饼的时候,她经常请他来吃早餐,而我母亲那天早晨正在做木薯饼,圣地亚哥·纳萨尔愉快地接受了邀请。

"我换身衣服就过来,"他说着突然发现手表忘在了床头柜上,"几点钟了?"

那时是六点二十五分。圣地亚哥·纳萨尔拽起克里斯托·贝多亚的胳膊,准备往广场走。

"一刻钟之内,我到你家。"他对我妹妹说。

她坚持要他跟她一起去,因为早饭已经做好了。"她很少这样坚持,"克里斯托·贝多亚对我说,"真的,后来我常想玛戈特当时是不是已经知道有人要杀他,所以想把他藏在你家里。"然而,圣地亚哥·纳萨尔说服了她,让她先走,自己要回去换身骑马装,因为他得早点儿赶到圣颜牧场去阉几头小公牛。他像跟母亲道别时那样向她挥了挥手,然后挽着克里斯托·贝多亚的胳膊往广场走去。那是我妹妹最后一次见到他。

码头上的许多人都知道有人要杀圣地亚哥·纳萨尔。十一年来一直担任镇长的堂拉萨罗·阿庞特,原是军校毕业的陆军上校,享受着丰厚的退伍金。他瞧见了圣地亚哥·纳萨尔,还晃了晃两根手指同他打招呼。"我有非常确切的理由相信,他已经没有危险了。"他告诉我。卡门·阿马尔多神父也没有太在意。"看见他平安无事,我以为一切都是谣言。"他对我说。甚至没有人想过圣地亚哥·纳萨尔是否得到了警示,因为大家都觉得不可能没有人提醒他。

实际上,我妹妹玛戈特是少数几个不知道这场凶杀预谋的人之一。"我要是事先知道,就算是绑着也要把他拖到家里。"她跟预审法官说。她不知情很奇怪,而我母亲也不知情就更奇怪了,因为她无论什么事都比家里任何人知道得早,虽然她已经多年不上街甚至也不去做弥撒了。自从我开始起早去上学,就发现母亲有这项本事。那时候,我总会看见她面色苍白、悄无声息地用自编的笤帚在灰蒙蒙的晨光里打扫院子,然后在啜咖啡的当儿,把大家沉睡时世界上发生的事说给我听。她像是跟小镇上的其他人有着秘密的交流渠道,特别是和她年龄相仿的人。有时候她告诉我们一些尚未发生的事,让我们惊讶不已,倘若不是通晓预言术,她又怎么知道的呢。可那个早晨,她却没有预感到从凌晨三点起就在酝酿的悲剧。她已经扫完了院子,我妹妹玛戈特出门去迎接主教时,发现她正在磨木薯粉准备做饼。"到处都是鸡叫的声音。"我母亲回想起那天的情景时常常这样说。但她从没有把远处的嘈杂声与主教驾临联系在一起,还以为那是婚礼的尾声。

我们家距离广场很远,在河岸边的芒果林里。我妹妹玛戈特沿着河岸走到码头。人们都兴奋地迎接主教到来,根本顾不上其他的新鲜事儿。有人把家里卧床的病人抬到门廊领受圣药，女人们拎着火鸡、乳猪和各色食物跑出院子，河对岸还划来了几条装点着鲜花的独木舟。但是当主教没踏上小镇的土地就扬长离去后，另一个被压抑的消息便成了轰动的丑闻。就在这个时候，我妹妹玛戈特才彻底清楚地得知，安赫拉·维卡里奥，那个头一天结婚的漂亮姑娘被退回了娘家，因为丈夫发现她不是处女。"我当时觉得要死的人是我，"我妹妹说，"可任他们翻来覆去讲了好几遍，也没有人能向我解释明白，可怜的圣地亚哥·纳萨尔最后是怎么牵连进这场是非里去的。"人们只搞清楚了一件事，那就是安赫拉·维卡里奥的两个哥哥正等着要杀圣地亚哥·纳萨尔。

我妹妹在回家的路上强忍着不让自己哭出来。回到家，她在餐厅里看见了我母亲。母亲穿着带蓝色花饰的礼拜日礼服，以备主教前来问候。她一边拾掇着餐桌，一边哼着一首讲述隐秘之爱的葡萄牙民谣。我妹妹注意到餐桌前多了一把椅子。

"给圣地亚哥·纳萨尔准备的,"我母亲告诉她,"他们说你邀请他来吃早餐。"

"撤了它吧。"我妹妹说。

然后她把事情原原本本地讲给母亲听。"可她好像都知道了似的,"妹妹对我说,"和以前一样,刚跟她提起一件事,还没讲到一半,她就已经都清楚了。"那个悲惨的消息对我母亲而言十分棘手。圣地亚哥·纳萨尔的名字就是照着我母亲的名字起的,她还是他洗礼时的教母,但她与被退回来的新娘的母亲普拉·维卡里奥又是血亲。尽管如此,她还是没等女儿讲完,就穿上了高跟鞋,披好了去教堂悼唁时才披的头巾。我父亲躺在床上听到了一切,他穿着睡衣来到餐厅,惊慌失色地问我母亲要去哪里。

"去告诉干亲家普拉西达,"她答道,"所有人都知道有人要杀她的儿子,只有她自己不知道,这不公平。"

"咱们和维卡里奥一家的关系与跟她的关系一样

近啊。"我父亲说。

"永远要站在死者那一边。"她说。

我的弟弟们纷纷从其他房间走出来。年龄最小的几个感受到悲剧的氛围，哭了起来。母亲平生第一次没去哄他们，也没理会她的丈夫。

"你等等，我去换衣服。"父亲对她说。

而她已经在街上了。我弟弟海梅那时还不到七岁，只有他穿戴整齐了准备去上学。

"你陪她去。"父亲命令道。

海梅跟在她身后跑着，不知道出了什么事也不知道要去哪儿，只好紧紧抓着母亲的手。"她一边往前走，一边跟自个儿说着话。"海梅告诉我。"粗野的东西，"她低声自语，"下贱的畜生，永远干不出什么好事。"她甚至没有意识到自己还牵着孩子的手。"他们当时肯定以为我疯了。"她对我说，"我只记得远远听到一群人吵嚷着，就好像婚礼又重新开始了，所有人都在往广场跑。"她以最大的决心加快了步子，因为

有人正命悬一线,直到一个迎面跑来的人对她的疯狂表示同情:

"别麻烦了,路易萨·圣地亚加,"他跑过她身边时朝她喊,"他们已经把他杀了。"

那个退回新娘的人叫巴亚尔多·圣罗曼,前一年八月,也就是婚礼前六个月,他第一次来到镇上。他来时乘坐着每礼拜一班的轮船,肩上挎着镶银饰的背囊,腰上的皮带扣、靴子上的金属环和背囊的银饰搭配得十分妥帖。他有三十岁左右,看上去却要年轻许多,身材瘦削得像个见习斗牛士,长着一双金色的眼睛,肤色仿佛是用硝石慢慢烘烤出来的。他身穿小牛皮短夹克和瘦腿裤,戴着同样颜色的山羊皮手套。玛格达莱纳·奥利维跟他搭乘同一班船,一路上都忍不住盯着他看。"他像个女人,"她对我说,"可惜了,不然我真恨不得把他抹上黄油生吞下去。"她不是唯一一个这么想的人,也不是最后一个发现巴亚尔多·圣罗曼难以被看透的人。

八月底,我母亲在往学校给我写的信中随笔提到:"来了一个怪人。"下一封信里又写道:"那个怪人叫巴亚尔多·圣罗曼,所有人都觉得他很迷人,我还没有见过他。"没人知道他来这里做什么。婚礼前不久,有人曾憋不住问过他,他回答说:"我走过一个又一个村镇,为的是找个人结婚。"这或许是实情,但他也可以用同样的方式给出其他答案,因为他的口吻与其说是在回答,不如说是在掩饰。

到达小镇的那一晚,他在电影院跟人介绍自己,说他是机车工程师,要赶在变化无常的汛期到来之前修建一段通往内地的铁路。第二天他发了一封电报,电文是他亲自敲进发报机的,他又向报务员传授了一招,教他如何利用废电池继续发报。他还同样在行地跟那几个月正在这里征兵的一位军医聊起边境的时疫。他喜欢参加热闹而漫长的聚会,善于饮酒,乐于劝架，痛恨打牌作弊。有一个礼拜天，弥撒结束之后，他向许多一流的游泳健将发出挑战，结果只从河对岸游个来回的工夫，他就把最优秀的对手落下划水二十次的距离。这是我母亲在一封信里告诉我的，末尾她还加上一句评语，很符合她的口气："他又像是在金币里游泳。"这正好与那个尚未证实的传闻相符：巴亚尔多·圣罗曼无事不通，无事不精，而且拥有无限财富。

在十月份的一封信里，我母亲最后一次称赞了这个人。"所有人都喜欢他，"她告诉我，"因为他为人正直，心地善良，上个礼拜天他跪着领了圣餐，还用拉丁文帮着做了弥撒。"那时候是不允许站着领圣餐的，做弥撒也只能用拉丁文，可我母亲每逢想把事情说清楚时，总习惯列出这类多余的细节。在做了这条神圣的论断之后，她又给我来过两封信，然而对巴亚尔多·圣罗曼只字未提，即使他要娶安赫拉·维卡里奥的消息已经尽人皆知。直到那场不幸的婚礼过去很久之后，她才向我承认，她认识巴亚尔多的时候已经来不及更正十月份那封信的说法了,他那双金色的眼睛让她不寒而栗。

"他让我想起魔鬼,"她对我说,"但你自己告诉过我,这类话不该写到信里。"

我认识他要比母亲稍迟一些,是在圣诞节放假回乡的时候,我觉得他并不像别人说的那么古怪。他是个有魅力的人,但绝没有玛格达莱纳·奥利维形容的那么理想。他的把戏能把别人唬住,可我觉得他实际上要严肃得多,过分迷人的举止也掩饰不了他内心的紧张不安。最重要的是,我感到他是个很忧郁的人。那时候他已经跟安赫拉·维卡里奥正式订婚了。

他们两人是如何相识的,始终没有人能说清楚。据巴亚尔多·圣罗曼曾寄宿的男子单身公寓的老板娘说,九月末的一天,巴亚尔多·圣罗曼正躺在门厅里的摇椅上睡午觉,安赫拉·维卡里奥和她母亲挎着两篮绢花穿过广场,巴亚尔多·圣罗曼在半睡半醒间瞥见了这两个穿着不祥黑衣的女人,在下午两点钟的沉寂中，她们仿佛是唯一的活物。他问那个姑娘是谁，老板娘回话说，就是她身边那个妇人的小女儿，名叫安赫拉·维卡里奥。巴亚尔多·圣罗曼一直注视着她们走到广场的另一端。

"她名字起得真好。"他说。

然后，他把头靠在摇椅背上，又闭上了双眼。

"等我醒了，"他嘱咐道，"请提醒我，我要娶她。"

安赫拉·维卡里奥告诉我，在巴亚尔多·圣罗曼追求她之前，公寓老板娘已经把这段逸事讲给她听了。"把我吓坏了。"她对我说。公寓里有三个人证实确有其事，另有四个人则不相信这是真的。不过，在所有的说法中有一点很一致：安赫拉·维卡里奥和巴亚尔多·圣罗曼是在十月全国假日里的一次募捐晚会上第一回见面的。安赫拉负责宣布彩票的中奖号码。巴亚尔多·圣罗曼来到后，径直走向这个身着重孝、神色倦怠的姑娘照管的柜台。他问安赫拉，那台镶着珍珠母的手摇唱机要多少钱，它可是整个晚会上最吸引人的物件。姑娘回答说那不是卖的，而是中彩的奖品。

"太好了，"他说，"那就简单了，而且更便宜。"

安赫拉·维卡里奥向我坦言，巴亚尔多确实给她留下了印象，但和一见倾心毫不相干。"我讨厌高傲的男人，从来没有见过像他这么趾高气扬的家伙。"回忆起那天的情形，她对我说，"我当时还以为他是个波兰人呢。"宣布了手摇唱机的中奖号码后，她的反感愈发强烈，因为在焦急等待的众人中，果真是巴亚尔多·圣罗曼中了彩。她实在难以料到，仅仅为了取悦她，他竟然买下了所有的彩票。

当天晚上，安赫拉·维卡里奥回到家时，发现那台手摇唱机已经摆在她家里，裹着包装纸，还系了玻璃纱的蝴蝶结。"我一直没弄明白，他怎么知道那天是我的生日。"她对我说。她费了好大的劲儿才让父母相信，她没有给巴亚尔多·圣罗曼任何理由赠送这样一份厚礼，而且是以这种张扬惹眼的方式。于是，她的两个哥哥佩德罗和巴勃罗，抱上手摇唱机去了单身公寓，想将它送归原主。这对孪生兄弟办事麻利，因此没有人看见他们进出公寓。但有一点这家人未曾考虑到，那就是巴亚尔多·圣罗曼不可抗拒的魅力。兄弟两人直到第二天清晨才回来，喝得酩酊大醉，不仅抱回了手摇唱机，而且把巴亚尔多·圣罗曼领到家里继续开怀畅饮。

安赫拉·维卡里奥是这个清贫的家庭里最小的女儿。她的父亲庞西奥·维卡里奥是穷人家的金匠。为了维护家庭的声誉，他兢兢业业地打制金银首饰，终致双目失明。她的母亲普里西玛·德尔卡门当过小学教员，结婚后永远地做了家庭主妇。她那温和而略显忧伤的面容将她严厉的性格完全隐藏了起来。"她看上去像个修女。"梅塞德斯回忆说。这位母亲凭着强烈的牺牲精神，倾注全部精力照顾丈夫、抚养子女，有时甚至让人忘记了她的存在。两个大女儿很晚才成婚。除了那对孪生兄弟，中间还有过一个女儿，因为夜里发烧而早夭了。两年过去了，全家人仍在给她服丧，在家时穿着简孝，出门则一身重孝。家中的男孩被教育要长成男子汉，女孩则要做贤妻良母。她们会刺绣、缝纫、织花边、洗熨衣物、编绢花、做精致的甜食，还会撰写订婚请柬。那时候别人家的女孩已不太在意与死亡有关的礼仪，可这四个姑娘却还熟悉老一辈人的做法，知道如何照料病人、慰藉临终者和为死者穿寿衣。她们只有一件事让我母亲看不惯，就是在睡前梳头。"姑娘们，"她对几个女孩说，"不要在夜里梳头，会耽误水手归航的。"除此以外，我母亲认为谁家的姑娘也比不上她们有教养。"这几个女孩真是完美，"常常听到我母亲这么说，"哪个男人娶了她们都会幸福的，因为她们从小就学会了吃苦耐劳。"不过，娶了两个大女儿的男人很难打破这对姐妹的圈子，她们走到哪儿都形影不离，组织舞会只让女人参加，而且总能觉察出男人们隐藏的不良企图。

安赫拉·维卡里奥在四个姑娘里长得最漂亮，我母亲说，她出生的时候脐带绕在脖子上，跟历史上伟大的王后们一样。不过她有一种孤独无依、消沉萎靡的气质，预示了她捉摸不定的未来。每年圣诞假期我都能看见她，她在自家的窗前一次比一次显得沉郁。她一个下午坐在那里用零碎绸布做绢花，和邻家的姑娘们一起哼着单身女子的华尔兹曲。"她已经死吊到一根绳上喽，"圣地亚哥·纳萨尔对我说，"瞧瞧你这个傻表妹。"在她给姐姐服丧之前不久，我第一次在街上碰见她，她穿戴得很成熟，还烫了鬈发，我简直不敢相信眼前的人是她。不过，那仅是瞬间的印象，随着岁月的流逝，她变得愈发颓靡委顿了。因此当巴亚尔多·圣罗曼要娶她的消息传开，很多人都以为是这个外乡人的一派胡言。

可是维卡里奥一家不仅把求亲的事当真，而且异常兴奋。只有普拉·维卡里奥例外，她提出了条件，要求巴亚尔多·圣罗曼讲清楚自己的身世。直到那个时候，还没有人了解他的真实身份。人们所知的只是那天下午他穿着演员的服装下船以后的事情。他对自己的来历闭口不谈，因此就连那些最古怪荒谬的揣测也可能是真的。有传言说，他曾率领军队在卡萨纳雷省扫荡了不少村庄，造成一片恐慌；也有人说他是来自卡宴的逃犯；还有人说，曾见过他混迹于巴西的伯南布哥，靠耍弄一对驯服的狗熊混饭吃；甚至有人说，他在向风海峡打捞到一艘满载黄金的西班牙沉船。巴亚尔多·圣罗曼用一个简单的办法平息了所有流言：他把全家人带到了镇上。

一共来了四位亲人，父亲、母亲和两个惹事添乱的妹妹。他们开着挂官方牌照的福特T型车来到镇上，鸭叫一样的喇叭声惊扰了上午十一点的大街小巷。他的母亲阿尔伯塔·西蒙德斯是个大块头的黑白混血女人，她来自库拉索岛，说话时西班牙语里夹杂着帕皮阿门托语，据说年轻时曾是安的列斯群岛两百名绝色少女中最美艳的一位。他的两个妹妹刚刚成年，像两匹焦躁不安的小母马。最重要的角色无疑是他的父亲佩特罗尼奥·圣罗曼将军，他是上个世纪内战中的英雄，因为在图库林卡事件中击败奥雷里亚诺·布恩迪亚上校，而成为保守党政权最显赫的人物之一。知道了他的身份之后，全镇只有我母亲一个人没有向他致敬。"我觉得这桩婚事不错，"她对我说，"不过结亲是一回事，跟下令向赫里内勒多·马尔克斯开冷枪的人握手，则是另一回事。"他从车窗里探出头，挥舞着白色礼帽向人们致意，所有人都认出了他，因为他的肖像已经广为流传。他身穿小麦色的亚麻西装，脚蹬交叉系带的科尔多瓦皮靴，一副金丝夹鼻眼镜架在鼻梁上，镜腿拴了一根银链系在马甲的扣眼上。他上衣的翻领上别着勇士勋章，手杖的握柄上雕刻着国徽。这位将军第一个走下车，身上沾满了我们小镇破街陋巷里灼热的尘土。他驱车前来，不过是让所有人明白，巴亚尔多·圣罗曼想娶谁就可以娶谁。

可是安赫拉·维卡里奥不想嫁给他。"我觉得他太像个大人物。"她告诉我。而且，巴亚尔多·圣罗曼根本没有向她献过殷勤，只是施展魅力令她的家人着迷。安赫拉·维卡里奥无法忘记那天晚上的可怕情景，她的父母、两个姐姐和姐夫全都聚在客厅里，强迫她嫁给那个没怎么见过面的男人。孪生兄弟没有参与。"我们觉得那是女人们的事。"巴勃罗·维卡里奥告诉我。他们的父母仅凭一条理由就拿定了主意：一个以勤俭谦恭为美德的家庭，没有权利轻视命运的馈赠。安赫拉·维卡里奥鼓起勇气，想要暗示两人之间缺乏爱情基础，可母亲一句话就把她驳了回来：

"爱也是可以学来的。"

依照当时的风俗，订婚之后还需经历很长一段时间，而且双方相会都要受到监视，但是由于巴亚尔多·圣罗曼催促得紧，他们只过了四个月就结婚了。没有提得更早，是因为普拉·维卡里奥坚持要等到过完丧期。不过，巴亚尔多·圣罗曼行事果断利落，所以时间还算充裕。"一天晚上，他问我最喜欢哪栋房子，"安赫拉·维卡里奥告诉我，"我不明白他为什么问这个，就回答说，鳏夫希乌斯的别墅是镇上最漂亮的房子。"如果是我，也会这么回答。那栋房子建在一座四面迎风的山丘上，站在屋顶平台就能望见铺满紫色银莲花的沼泽，仿佛面朝无垠的天堂；在晴朗的夏日里，可以远眺加勒比海清晰的海平线和从卡塔赫纳驶来的跨洋游轮。当天晚上，巴亚尔多·圣罗曼便去了社交俱乐部，坐在鳏夫希乌斯的桌旁玩了一把多米诺骨牌。

"孤老头儿，"巴亚尔多·圣罗曼对他说，"我想买你的房子。"

"房子不卖。"鳏夫答道。

"里面的东西我也都买下来。"

鳏夫希乌斯凭着旧式的良好教养跟他解释说，房子里的东西是他妻子含辛茹苦一辈子置办下的，对他而言它们仍是她的一部分。"他真是在捧着心说话，"狄奥尼西奥·伊瓜兰医生告诉我，当时他也在牌桌上，"我非常肯定，他宁可去死，也不愿卖掉在里面幸福地生活了三十年的房子。"巴亚尔多·圣罗曼也懂这个道理。

"这样吧,"他说,"那就把空房子卖给我。"

可是鳏夫一直到那场牌局结束都没有松口。又过了三个晚上,巴亚尔多·圣罗曼经过充分的准备回到多米诺牌桌旁。

"孤老头儿,"他重提话头,"房子卖多少钱?"

"没有价钱。"

"随便报个数。"

"抱歉,巴亚尔多,"鳏夫说,"你们这些年轻人不懂人心啊。"

巴亚尔多·圣罗曼不假思索。

"五千比索吧。"他说。

"你倒直截了当,"鳏夫答道,他的自尊心被激了起来,"这房子不值那么多。"

"我给你一万,"巴亚尔多·圣罗曼说,"马上支付,一沓一沓的现钱。"

鳏夫盯着他,眼里满含泪水。"他气恼地哭了。"

狄奥尼西奥·伊瓜兰医生对我说，他既是名医生也是个作家，"你想啊，一笔巨款唾手可得，却因为精神脆弱不得不拒绝。"鳏夫希乌斯没有说话，只是毫不犹豫地摇头回绝。

"那么请最后帮我一个忙，"巴亚尔多·圣罗曼说，"在这儿等我五分钟。"

刚好过了五分钟，他就挎着塞满了钱的背囊回到俱乐部。他把十捆一千比索的钞票摞在桌上，上面还束着国家银行的印刷封条。鳏夫希乌斯死于两年之后。"他就死在这件事上，"狄奥尼西奥·伊瓜兰医生说，"他的身体比我们都健康，但给他听诊时，可以听见眼泪在他心里翻腾。"他不仅将房子连同里面的一切都卖给了巴亚尔多·圣罗曼，而且请求他一点一点地付钱，因为他甚至没有一个能存放这么多钞票的箱子。

没有人想到，也没有人说过安赫拉·维卡里奥不是处女。她此前从未有过未婚夫，而且是在母亲严厉的管制下和姐姐们一起长大的。即便在婚礼前两个月，普拉·维卡里奥仍旧不允许她单独和巴亚尔多·圣罗曼去看新房,而是由母亲和失明的父亲陪着,以保全她的名节。"我只祈求上帝给我自杀的勇气,"安赫拉·维卡里奥对我说,"可是上帝没有。"她心烦意乱,本想将实情告诉母亲,好让自己从这场灾难里解脱出来,然而她仅有的两个可信的女伴在帮她做绢花的时候劝她打消原先的念头。"我轻率地听了她们的话,"她告诉我,"因为她们让我相信,男人的把戏她们全都懂。"她们向她担保,几乎每个女人幼年时都因为某种意外失去了童贞。她们还坚持说,只要旁人不知道,即便是最强硬的丈夫遇到了事,也会忍气吞声。最后她们安慰她说,到了新婚之夜,大多数男人都非常紧张害怕,没有女人的帮助,他们什么也办不成;等到真相暴露,他们又会茫然无措。"在床单上瞧见什么,他们就信什么。"这两个女人告诉她。之后她们教给了她产婆掩盖失贞的那套花招,这样便能在婚后的第一个早晨,将亚麻床单晾在院子里的阳光下,以展示那象征贞节的血渍。

安赫拉怀揣着这些幻想结了婚。而巴亚尔多·圣罗曼也带着用非凡的权势与财富换取幸福的幻想走向婚礼。婚庆的计划越隆重,他那想扩大排场的念头便越强烈。主教巡访的消息公布之后,他甚至考虑把婚礼推迟一天,好让主教为他们主婚,但是安赫拉·维卡里奥没有同意。"说句实话,"她对我说,"我不想让一个割下鸡冠子做汤,而把整只鸡扔进垃圾场的人为我祝福。"不过就算没有主教的祝福,婚礼的声势也已到了难以驾驭的地步,超出了巴亚尔多·圣罗曼的掌控,变成一桩公众事件。

佩特罗尼奥·圣罗曼将军和他的家人这一次是乘坐国会的礼宾船来的,船停泊在码头上直到婚礼结束。随船同来的还有不少知名人士,淹没在熙攘喧闹的陌生面孔中间,并没有被人注意到。宾客们送来的贺礼实在太多了,不得不拾掇出小镇上已被遗弃的第一座电厂,以展示一些最令人称羡的礼品,余下的则全部搬进了鳏夫希乌斯的旧宅。如今那栋房子已经整饬一新,准备迎接新人。新郎收到一辆敞篷汽车,车徽下方用哥特字体刻着他的姓名。新娘则收到一整套可供二十四位客人使用的纯金餐具。此外,他们还带来了一个舞蹈队和两个华尔兹管弦乐队,他们演奏时不免被当地乐队和由欢快的喧闹声吸引来的鼓号乐队、手风琴乐手带跑了调。

维卡里奥家的房子十分简朴,砖块砌墙,棕榈叶铺顶,上面有两个小阁楼,每年一月燕子便在那儿筑巢繁衍。房子前面有一个几乎被花盆覆满的平台,宽敞的院子里散养着母鸡,还种了几株果树。院子深处,孪生兄弟垒砌了一个猪圈,旁边摆着宰猪的石台和肉案。自从庞西奥·维卡里奥失明后,屠宰就成了家庭收入的重要来源。首先操持这项营生的是佩德罗·维卡里奥,等他服兵役之后,他的孪生哥哥也学会了屠夫的手艺。

全家人住在这栋房子里十分拥挤。两位姐姐意识到庆典的规模如此庞大时,曾打算借一栋房子。"你想想,"安赫拉·维卡里奥对我说,"她们还盘算着要借普拉西达·利内罗的房子,幸好我父母坚持那句老话:自家的女儿要么在猪窝里出嫁,要么不出嫁。"就这样他们将黄色的墙壁粉刷一新,修理了门板,平整好地面,将房子拾掇得体面干净,尽可能让它与豪华铺张的婚礼相称。孪生兄弟把猪赶到了别处,又用生石灰清理了猪圈。即便如此,地方仍旧显得不够大。最后,巴亚尔多·圣罗曼想了个主意,他们推倒了后院的篱笆,借用邻居家的院子跳舞,还搬来木匠的工作台,准备让人们在罗望子树的浓荫下就餐。

唯有一件事令人意想不到、大吃一惊,婚礼那天早晨,新郎迟到了两个钟头才来迎娶安赫拉·维卡里奥。而安赫拉在新郎到来之前拒绝穿上婚纱。"你想啊,"她对我说,"他如果不来我倒是高兴,但不能在我穿戴整齐之后不迎娶我。"她的审慎合情合理,因为对于一个女人来讲,最难堪的不幸莫过于穿着婚纱被人抛弃。但是，安赫拉·维卡里奥不是处女还敢蒙上面纱、插上香橙花，事后也被看作是对纯洁象征的亵渎。唯独我母亲认为她拿着一副标了记号的牌还敢赌到最后是很有勇气的行为。"那个时候，"她向我解释说，"上帝是理解这种事的。"然而，至今也没有人弄明白巴亚尔多·圣罗曼耍的是什么牌。从他终于身穿礼服、头戴礼帽在婚礼上露面，到牵着给他带来所有烦恼的人逃离舞会，他始终是一个幸福新郎的完美形象。

也没有人知道圣地亚哥·纳萨尔手里攥着什么牌。从教堂仪式到婚礼庆典，我一直同他在一起，克里斯托·贝多亚和我的弟弟路易斯·恩里克也跟在身边，我们谁都没有看出他的举止有任何细小的变化。我不得不多次强调这一点，因为我们四个人在学校一块儿长大，假期里也总是厮混在一起，谁都不相信我们之间还能隐藏什么不可泄露的秘密，更何况是如此重大的秘密。

圣地亚哥·纳萨尔是个喜欢热闹的人。被杀的前一晚，他最大的乐事便是计算婚礼的花销。在教堂里，他估算说仅花饰这一项开支就顶得上十四场一流葬礼的费用。这个精准的说法搅扰了我很多年。圣地亚哥·纳萨尔曾跟我说过许多遍，室内鲜花的香气总让他立刻联想到死亡，那天走进教堂时他又向我重复了这句话。"我的葬礼上不要鲜花。"他告诉我，没想到第二天我真的要操心为他撤去鲜花。从教堂到维卡里奥家的路上，他估算着装点街面的五彩花环的费用、邀请乐队和燃放烟火的开销，甚至还计算了婚礼前为欢迎大家而撒下的生大米要花多少钱。在令人困倦的正午，新婚夫妇在院子里转了几圈。巴亚尔多·圣罗曼当时已经成了我们的朋友，按那个时候的说法，是酒桌上的交情，他坐在我们桌边，看上去十分轻松惬意。安赫拉·维卡里奥已经摘去面纱和花冠，身上的绸缎礼服被汗水微微浸湿，她竟然这么快就显出了已婚妇人的面容。圣地亚哥·纳萨尔估算着告诉巴亚尔多·圣罗曼，截止到那时婚礼已经花费了近九千比索。很显然，对安赫拉·维卡里奥来说，这话有些莽撞失礼。"我母亲教育我，不该当着别人的面谈钱的事。"她对我说。而巴亚尔多·圣罗曼恰好相反，他听到圣地亚哥的话不但和颜悦色，甚至还有些自得。

"差不多吧，"他说，"但这才刚刚开始。等全都办完了，大概还要翻一倍。"

圣地亚哥·纳萨尔打算核对到最后一分钱，他的生命时限恰好允许他完成这件事。事实上，加上第二天他临死前四十五分钟克里斯托·贝多亚在码头上透露的最后几笔款项，他已经证实巴亚尔多·圣罗曼的估计十分准确。

我只能借用别人的记忆碎片将那场婚礼庆典的情形追记下来，因为我对那时的回忆纷乱混杂。多年以来，我的家人总会说起，为了祝贺新人，我父亲拉起了少年时代的小提琴，我的修女妹妹披上修道院看门人的衣服跳起了默朗格舞，而我母亲的表兄狄奥尼西奥·伊瓜兰医生请人将他带上礼宾船,免得第二天主教来访时他还待在这里。为撰写这篇报道搜集材料时,我又记起了许多零星的往事,其中一个无关轻重的回忆是关于巴亚尔多·圣罗曼的两个妹妹的。她们穿着天鹅绒外套,一对巨大的蝴蝶翅膀用金线系在背上,比她们父亲帽盔上的羽饰和胸前挂满的战功勋章更引人注目。很多人都记得,我趁着醉酒欢闹向梅塞德斯·巴尔恰求婚,那时候她刚刚读完小学,正像十四年后我们结婚时她提醒我的那样。在那个令人不悦的礼拜天留给我的长久记忆中,有一个场景最为鲜明:老庞西奥·维卡里奥独自坐在庭院中央的凳子上。人们将他安置在那儿,大约以为那是个荣耀的位置,可是宾客们绊到了凳脚,误以为他是旁人,就把他挪到一边不挡路的地方。他带着刚刚失明的人的古怪表情,晃动着白发苍苍的脑袋,朝各个方向颔首致意、胡乱答话,没有人向他问好他还挥手还礼,待在被遗忘的角落里却显得怡然快慰。他那上了浆的硬领衬衫和愈疮木的手杖,都是为了婚礼特意添置的。

正式典礼傍晚六点结束,贵宾们告辞离去。灯火通明的礼宾船起航后,留下自动钢琴演奏华尔兹舞曲的袅袅余音。霎时间我们感到漂浮在不确定的深渊上,直到再次认出彼此,投身到寻欢作乐的人群当中。片刻之后,新郎新娘出现在敞篷车里,汽车在纷纷攘攘的人群中艰难穿行。巴亚尔多·圣罗曼点燃烟火,接过众人递给他的瓶子痛饮甘蔗烧酒,而后和安赫拉·维卡里奥一起下车,拉着她钻入了昆比安巴舞旋转的圈子。最后他吩咐我们能跳多久就跳多久,一切花费都算在他的账上,然后拽着惶恐不安的妻子前往他梦寐以求的新居——鳏夫希乌斯曾经度过幸福岁月的那栋房子去了。

午夜过后,狂欢的人群渐渐散去,变成三三两两的嬉闹,只有广场一侧克洛蒂尔德·阿门塔的店铺还开着。我和圣地亚哥·纳萨尔,还有我弟弟路易斯·恩里克和克里斯托·贝多亚一起去了玛利亚·亚历杭德里娜·塞万提斯的妓院。维卡里奥家的孪生兄弟也在那儿的一堆客人当中。在杀死圣地亚哥·纳萨尔的五个小时之前，他们还跟我们一道喝酒，跟圣地亚哥一起高歌。当时，那场独特的庆典余热未尽，乐曲声从四面八方传来，远处还有一阵阵的打斗声。直到主教乘坐的轮船将要鸣响汽笛前，那些声音仍然依稀可闻，只是一声比一声苍凉。

普拉·维卡里奥告诉我母亲，那天夜里她上床躺下时已经十一点钟了，她先在大女儿们的帮助下简单收拾了婚礼过后乱作一团的院子。十点钟前后，还有几个醉汉在院子里唱歌，安赫拉·维卡里奥差人来取她卧室衣柜里一个盛放私人物品的小提箱，她母亲想再送去一个装日常衣物的箱子，但跑腿的人急着要走。听到有人敲门时，普拉·维卡里奥已经睡得很沉了。"门敲了三下，敲得很慢，"普拉·维卡里奥对我母亲说，"但有那种坏消息的奇怪感觉。"她说自己开门时没有打开灯，免得惊醒别人。她看见巴亚尔多·圣罗曼站在街灯的光晕里,丝绸衬衫敞着纽扣,考究的裤子只系了松紧背带。"他身上泛着梦里才有的绿光。"普拉·维卡里奥对我母亲说。安赫拉·维卡里奥站在阴影中,巴亚尔多·圣罗曼抓住她的手臂把她拉到灯光下时,她母亲才瞧见她。她的绸缎礼服已被撕碎,腰间裹着一条浴巾。普拉·维卡里奥以为他们乘坐的汽车坠进了悬崖,两人已成了葬身山坳的鬼魂。

"圣母啊,"她惊骇地叫道,"如果你们还活着就说句话。"

巴亚尔多·圣罗曼没有进屋,只是将妻子轻轻推进门里,一言未发。他在普拉·维卡里奥脸颊上吻了一下,开口时声音低沉沮丧,但又十分温柔。

"妈妈,感谢您所做的一切,"他说,"您是一位圣人。"

只有普拉·维卡里奥知道自己在接下来的两个小时做了些什么,可是至死她也没有泄露这个秘密。"我只记得她一只手揪住我的头发,另一只手往我身上抽,她愤怒极了,我当时以为她真的要杀了我。"安赫拉·维卡里奥对我说。但她母亲竭力压低声响,直到天明灾祸酿成,睡在其他几间屋子里的丈夫和大女儿们还毫无觉察。

将近三点,孪生兄弟被母亲紧急召回家。两个人瞧见安赫拉·维卡里奥趴在餐厅的沙发上,一脸伤痕,但已经不哭了。"我那时并不害怕,"她说,"恰恰相反,我觉得自己已经摆脱死亡的威胁,只希望这一切尽快结束,好倒下头大睡一场。"佩德罗·维卡里奥,两兄弟里更坚定果决的那一个,拦腰提起他的妹妹,将她摔坐在餐桌上。

"说吧,丫头,"他气得浑身颤抖,质问道,"告诉我们是谁干的。"

她没有丝毫迟疑,几乎立刻就念出了那个名字。她在黑暗中搜寻,只一眼便从这个世界与另一个世界众多极易混淆的姓名中找到了它。她用精准的飞镖将它钉在墙上,仿佛它是一只没有意志的蝴蝶,对它的审判早已写就。

"圣地亚哥·纳萨尔。"她说。

律师认为这起凶杀案属于捍卫名誉的正当行为，而且觉得持这种观点问心无愧。审判结束时，孪生兄弟扬言，为了维护名誉，这种杀人的事可以再干一千次。作案几分钟后，他们到教堂自首，从那时候起就料想可以用这个说辞做辩护。兄弟俩被一群愤怒的阿拉伯人追赶着，气喘吁吁地闯进阿马尔多神父的住处，将两把光洁的屠刀撂在神父的桌上。杀人的暴行耗得他们筋疲力尽，衣服和胳膊已被汗水浸湿，沾满鲜血的脸上淌着热汗。不过，堂区神父却认为他们的自首是极有尊严的举动。

"我们是存心要杀他的，"佩德罗·维卡里奥说，"但是我们无罪。"

"或许在上帝面前无罪。"阿马尔多神父说。

"不管在上帝还是在世人面前,我们都无罪。"巴勃罗·维卡里奥说,"是为了名誉!"

更夸张的是,在重述案情时,他们将凶杀过程渲染得比实际情况更加凶残,甚至描绘说,普拉西达·利内罗家的大门上布满了刀痕,不得不动用公款去修补。在里奥阿查的监狱里,兄弟两人等候审判长达三年,因为他们无钱交纳保释金。狱中的老囚犯记得他们性情温和,为人友善,但从未见他们流露过一丁点儿悔意。不过根据种种事实推断,兄弟两人似乎并不想避开众人立刻杀死圣地亚哥·纳萨尔,而是千方百计让人出面阻止他们,只不过没有成功。

多年以后,维卡里奥兄弟告诉我,他们起初先是到玛利亚·亚历杭德里娜·塞万提斯的妓院找圣地亚哥·纳萨尔,两点钟之前他们还跟他一起待在那儿。这个情况,连同其他许多信息都没有写进预审报告里。

实际上，兄弟两人说他们去找圣地亚哥·纳萨尔的时候，他已经离开，我们正一起哼唱着小夜曲在街上闲逛；总之，不能确定他们是否真的去过。"他们要是来了，绝不会离开这儿的。"玛利亚·亚历杭德里娜·塞万提斯告诉我。我太了解这个女人了，对她这句话深信不疑。事实上，维卡里奥兄弟是跑到克洛蒂尔德·阿门塔的牛奶店里去等人的，他们明知道所有人都可能出现在那里，唯独圣地亚哥·纳萨尔不会。"只有那儿开着门。"他们向法官解释道。"他迟早会露面的。"他们被释放后曾对我说。可是谁都知道，普拉西达·利内罗家的前门即便在大白天也永远是从里面闩上的，而圣地亚哥·纳萨尔腰里总挂着后门的钥匙。果然，维卡里奥兄弟在房子这头等了他一个多小时，他却从后门进了家；但出人意料的是，出门迎候主教时，圣地亚哥·纳萨尔却走了朝向广场的前门，这其中的缘故，让预审法官百思不得其解。

从未见过这样一桩事先张扬的凶杀案。从妹妹口中得知那个人的姓名后,维卡里奥兄弟便进了猪圈里存放屠宰器具的储藏室,挑出两把最好的刀:一把是剁肉砍刀,长十英寸,宽两英寸半;另一把是刮皮剃刀,长七英寸,宽一英寸半。他们用破布把刀裹起来,拿到肉市上去磨,那时肉市里只有几个摊位开了张。天色尚早,顾客还不多,但有二十二个人声称听到了兄弟两人说的话,他们全都认为,这两个人是存心说话给别人听。肉贩福斯蒂诺·桑托斯是兄弟俩的朋友,看见他们三点二十分就进了肉市,当时他刚刚铺开卖猪下水的摊位。他不明白他们为什么在礼拜一清晨早早跑来,还穿着婚礼上的深色礼服。他通常会在礼拜五见到兄弟俩,时间要晚一些,而且他们总系着屠户的皮围裙。"我当时想他们俩喝得太多了,"福斯蒂诺·桑托斯对我说,"不仅弄错了时辰,还弄错了日期。"他提醒他们,那天是礼拜一。

"谁不知道啊,傻瓜,"巴勃罗·维卡里奥答话时似乎心情不错,"我们只是来磨刀的。"

他们是在砂轮上磨的刀,就像往常那样,佩德罗握住两把刀在砂轮上翻转刀面,巴勃罗摇动砂轮转柄。一边磨着刀,他们还一边跟其他肉贩议论着婚礼的盛况。有人抱怨说,尽管是同行却没有吃到婚庆蛋糕,兄弟俩答应稍晚就送来。最后,他们让刀在砂轮上发出铿锵的乐声,巴勃罗将他的那把凑到灯前,锋利的刀尖闪着寒光。

"我们要杀了圣地亚哥·纳萨尔。"他说。

谁都知道兄弟俩是忠厚老实人,没有人把这句话当真。"我们想那准是醉话。"几个卖肉的人这么说。在这之后碰见兄弟俩的维多利亚·古斯曼和其他许多人也都这么讲。有一次,我忍不住问几位屠户,是不是屠宰卖肉的营生会掩盖某些人嗜杀的本质。他们反驳道:"我们宰牛的时候,都不敢看它的眼睛。"其中一位告诉我,他不敢吃自己宰的牲畜的肉。另一个人说,他不忍心下手杀掉他熟悉的母牛,特别是在喝过它的奶之后。我提醒他们,维卡里奥兄弟就屠宰自家养的猪,他们非常熟悉那些猪,还给它们起了名字。"那倒不假,"其中一个屠户回答说,"不过您该知道,他们给猪起的不是人的名字,而是花的名字。"只有福斯蒂诺·桑托斯隐约觉出巴勃罗·维卡里奥那句恐吓的话里夹带着真实的成分,他便开玩笑似的追问,为什么要杀圣地亚哥·纳萨尔,应该比他先死的有钱人多的是。

"圣地亚哥·纳萨尔自己明白。"佩德罗·维卡里奥回了他一句。

福斯蒂诺·桑托斯告诉我,他心存疑虑,于是把这件事报告给了一位警察。这位警察是过后不久来到肉市上的,他要买一磅猪肝为镇长预备早餐。根据预审报告记录,警察名叫莱安德罗·伯诺伊。凶杀案之后的第二年,他在节庆赛会上被一头公牛用犄角挑开颈动脉而致身亡。因此,我从没访谈过他。不过克洛蒂尔德·阿门塔证实,维卡里奥兄弟坐在她店里等圣地亚哥·纳萨尔的时候,这位警察是第一个踏进店门的人。

那时，克洛蒂尔德·阿门塔刚刚走进柜台替换了丈夫。这家店一直是这样的：清早卖牛奶，白天供应吃食，过了傍晚六点就变成一家酒馆。克洛蒂尔德·阿门塔凌晨三点半开门营业。而她丈夫，老实厚道的堂罗赫略·德拉弗洛尔，晚上照看酒馆直到打烊。不过那天婚礼散场之后，来了不少客人，过了三点钟也没能关门，他便先去睡了。克洛蒂尔德·阿门塔比平日起得早些，她想赶在主教到来之前做完手上的活儿。

维卡里奥兄弟是在四点十分进的店门。那个时间只卖些吃的东西，但克洛蒂尔德·阿门塔破例卖给他们一瓶甘蔗烧酒，不仅因为她对兄弟俩高看一眼，也是为了感谢收到他们家的婚庆蛋糕。这对兄弟两大口就将整瓶酒喝干了，依旧面不改色。"他们已经喝得麻木了，"克洛蒂尔德·阿门塔告诉我，"就算喝下去的是灯油，也不能让他们血压升高。"之后，兄弟俩脱下呢子外套，小心地搭在椅背上，又要了一瓶酒。

他们的衬衫上满是汗渍，胡子一整天没刮，看上去像是乡下人。第二瓶酒他们喝得慢些，一边坐在那儿喝，一边固执地盯着街对面普拉西达·利内罗的房子。那儿的窗户暗淡无光，阳台上最大的一扇窗连着圣地亚哥·纳萨尔的卧室。佩德罗·维卡里奥问克洛蒂尔德·阿门塔，那扇窗里亮过灯没有。她回答说没有，觉得这个问题很古怪。

"他出什么事啦？"

"没什么，"佩德罗·维卡里奥回答说，"我们只是在找他，想要杀了他。"

这句回答太过自然，教她简直无法相信。但是，她留意到兄弟俩带着两把屠刀，裹在破布里。

"能告诉我，你们为什么大清早要去杀他吗？"她问。

"他自己心里明白。"佩德罗·维卡里奥回答。

克洛蒂尔德·阿门塔认真地打量着他们。她太熟悉这对孪生兄弟了，能轻而易举地分辨出他们俩，尤其是在佩德罗·维卡里奥服役回来以后。"他们还像两个孩子。"她对我说。这个念头让她打了个冷战，因为她向来认为只有孩子才什么事都做得出来。于是她把奶具准备好，跑去叫醒丈夫，告诉了他店里发生的事。堂罗赫略·德拉弗洛尔半睡半醒地听她讲。

"别胡扯了，"他说，"他们谁也杀不了，更别说是那样的阔佬。"

克洛蒂尔德·阿门塔回到店里，看见孪生兄弟正和警察莱安德罗·伯诺伊交谈。他是来给镇长取牛奶的。她没听到他们聊些什么，不过从警察出门前端详那两把屠刀的眼神中，她怀疑维卡里奥兄弟已经把计划透露给他了。

拉萨罗·阿庞特上校四点差几分钟起了床。警察莱安德罗·伯诺伊赶来报告维卡里奥兄弟的杀人企图时，他刚刮完胡子。前一天夜里他已经处理了好几场朋友间的纠纷，再多一桩这类的案子也不必着急了。他不紧不慢地穿好衣服，打了好几遍蝴蝶领结，直到完全满意为止。为了恭候主教,他又把圣母会的肩衣套在脖子上。在他吃着早餐洋葱炒猪肝的时候,他的妻子激动地告诉他,巴亚尔多·圣罗曼把安赫拉·维卡里奥休回娘家去了。可在他听来,这件事并没有多少戏剧性。

"上帝啊,"他讥讽地说,"主教知道了会怎么想?"

然而快吃完早餐时,他记起了警察刚才报告的情况,两条消息合在一起,他立刻发现它们就像两块能够完美拼接的拼图。于是他沿着通往码头的大街往广场走去,主教就快到了,街边的居民已经开始活跃起来。"我清楚地记得那时快五点了,天下起雨来。"拉萨罗·阿庞特上校对我说。一路上,有三个人拦住他,向他透露了维卡里奥兄弟正等着要杀圣地亚哥·纳萨尔的消息,但只有一个人讲清楚了地点。

上校在克洛蒂尔德·阿门塔的店里找到了两兄弟。"一见到他们,我就觉得他们是在虚张声势,"上校依照他自己的逻辑对我说,"因为他们不像我想象中醉得那么厉害。"他没有盘问两个人的意图,就没收了他们的屠刀,喝令他们回去睡觉。他泰然自若地对待他们,就像在惊慌失措的妻子面前一样若无其事。

"你们想一想,"他对兄弟俩说,"要是主教看见你们这副模样,他该怎么说?"

维卡里奥兄弟离开了牛奶店。镇长轻率的做法让克洛蒂尔德·阿门塔再一次失望,她原本以为上校会拘捕这对孪生兄弟,把事情的原委弄清楚。阿庞特上校给她看了看缴来的屠刀,就算了结了这件事。

"现在他们俩没了凶器,谁也杀不了了。"他说。

"不是为了这个,"克洛蒂尔德·阿门塔说道,"应该让两个可怜的小伙子从可怕的承诺中解脱出来。"

克洛蒂尔德·阿门塔凭着直觉已经有所领悟。她敢肯定,维卡里奥兄弟并不急于复仇,而是迫切地想找一个人出面阻止他们行凶。可是阿庞特上校没有把这件事放在心上。

"不能因为怀疑就逮捕人家,"他说,"眼下的问题是该提醒圣地亚哥·纳萨尔,然后接着过年。"

克洛蒂尔德·阿门塔大约会永远记得阿庞特上校那矮胖的身材让她感到一丝怜悯,可在我的记忆里,他是个快活的家伙,虽然他独自练习通过函授学到的招魂术后,弄得自己有点神魂颠倒。那个礼拜一,他的举止无可辩驳地证明了他的轻率愚钝。事实上,直到在码头上碰见圣地亚哥·纳萨尔,上校才重新想起这档子事,并为自己做出了正确的判断而得意。

维卡里奥兄弟将他们的计划至少告诉了十二个来店里买牛奶的人,这些人在六点钟之前就将消息传到了各处。克洛蒂尔德·阿门塔认为,街对面那一家人不可能一无所知。她以为圣地亚哥·纳萨尔不在家,因为她一直没有看见卧室的灯亮起来。她尽可能地恳请每一个人碰到他的时候捎句话提醒他。她甚至嘱咐来给嬷嬷们买牛奶的见习修女,让她给阿马尔多神父传个话。四点钟过后,她看到普拉西达·利内罗家的厨房亮起了灯,便让那个每天来讨一点儿牛奶的乞妇给维多利亚·古斯曼最后一次捎去紧急口信。主教乘坐的汽轮鸣响汽笛时，几乎所有人都从睡梦中醒来准备前去迎候，那时只有我们少数几个人还不知道维卡里奥兄弟正等着要杀圣地亚哥·纳萨尔。其他的人不仅知情，而且对细节了如指掌。

克洛蒂尔德·阿门塔的牛奶还没有卖完，维卡里奥兄弟就回来了。他们带来了另外两把刀，用报纸包裹着。一把是剁肉刀，刀面粗糙，锈迹斑斑，长十二英寸，宽三英寸，那是佩德罗·维卡里奥在战争期间因为买不到德国刀而用一把钢锯改制的。另一把要短些，但刀面很宽，是弯曲的。法官在预审报告上画了一幅简图，或许是不知道该怎样用文字描述，便大着胆子说它像一把小型阿拉伯弯刀。他们就是用这两把刀杀的人，两把刀都很粗笨，而且磨得很厉害。

福斯蒂诺·桑托斯不清楚发生了什么事情。"他们俩又来磨了一次刀，"他告诉我，"又用别人都能听见的声音吵嚷着，说他们要去把圣地亚哥·纳萨尔的肠子掏出来。于是我就觉得他们是在胡扯,特别是因为我没有仔细看他们手里的刀,以为还是原来那两把呢。"不过这一次,兄弟俩一进门,克洛蒂尔德·阿门塔就注意到他们不像之前那么坚决了。

实际上,兄弟两人第一次出现了意见分歧。他们两个人的内心并不像外表看上去那般相像,到了危急时刻,脾性更是截然不同。我们这几个朋友,上小学时就注意到了这一点。巴勃罗比他弟弟早出生六分钟,直到少年时期还富有想象力,做事果敢。而佩德罗·维卡里奥,在我看来更加感情用事,因此也更为专断。二十岁那年,他们一起报名服兵役,巴勃罗·维卡里奥被免役,以便留下来照顾家庭。佩德罗·维卡里奥在治安巡逻队服役十一个月。由于死亡的胁迫而愈加严酷的军纪,培养了他发号施令的才能和替哥哥拿主意的习惯。退役前,他染上了严重的淋病,病情十分顽固,军医最暴烈的治疗措施、狄奥尼西奥·伊瓜兰医生的砷剂和高锰酸盐清洗剂都无济于事。后来在他入狱期间，才总算治愈。我们这些朋友一致认为，巴勃罗·维卡里奥突然对弟弟言听计从，是因为退伍归来的佩德罗一身兵营做派，而且还添了个新花样，只要有人想看，他便撩起衬衣展示左肋上子弹留下的伤疤。对于佩德罗像得了勋章一样到处炫耀大人物才患的淋病，巴勃罗·维卡里奥甚至觉得很是光彩。

据佩德罗·维卡里奥自己承认，是他决定要杀掉圣地亚哥·纳萨尔的，他哥哥起初只是从旁跟随。然而，被镇长没收屠刀之后，他觉得已经尽了责任，可以罢手了；从那时起，巴勃罗·维卡里奥成了指挥者。两个人分别面对预审法官时，谁也没有在供词中提到这一分歧。但巴勃罗·维卡里奥多次向我证实，说服他弟弟最终下手十分不容易。或许只是一阵转瞬即逝的恐慌，可实际情况是巴勃罗·维卡里奥一个人钻进猪圈又挑出两把刀，那个时候，他弟弟正痛苦地站在罗望子树下一滴一滴地撒着尿。"我哥哥根本不知道那种感受，"在我们唯一的一次见面中，佩德罗·维卡里奥对我说，"就好像往外尿玻璃碴子。"巴勃罗取回刀来，发现他弟弟还抱着树干站在那儿。"他疼得出了一身冷汗，"巴勃罗对我说，"他想劝我自己去，因为他那种状态杀不了任何人。"佩德罗坐在一张为吃喜宴而摆在树荫下的木匠工作台上，将裤子褪到膝盖上。"他用了半个钟头，才换好裹阴茎的纱布。"巴勃罗·维卡里奥对我说。实际上，换纱布耽搁了不超过十分钟，但在巴勃罗看来这段时间如此难熬又令人费解，他以为弟弟又在耍花招，想拖延到天亮。于是他把刀塞到弟弟手里，几乎是强拖着他去为妹妹挽回名誉。

"没有回头路，"他对弟弟说，"就当这件事已经发生了。"

他们经过猪圈的大门往外走，手里握着没有包裹的屠刀，院子里的几条狗狂吠着跟在身后。天开始亮了。"那时没有下雨。"巴勃罗·维卡里奥回忆说。"不但没有雨，"佩德罗记得当时的情景，"海风吹过来，还能用手指着数出天上的星星。"消息已经传开了。他们经过奥滕西亚·包特家时,她恰好打开大门。她是第一个为圣地亚哥·纳萨尔哭丧的人。"我以为他们已经把他杀了,"她对我说,"借着路灯的光,我看见他们手里拿着刀,觉得刀上还滴着血。"那条偏僻街巷里还有几户人家敞着大门,其中包括巴勃罗·维卡里奥的未婚妻普鲁登西亚·科特斯家。这对兄弟凡是在这个时候经过她家门前,总会进去喝当天的第一杯咖啡,特别是每个礼拜五去肉市的时候。他们推开院门,几条狗在昏暗的晨光里辨出他们的身影,立刻围了过来。兄弟俩走进厨房,向普鲁登西亚·科特斯的母亲道了早安。那时咖啡还没有煮好。

"回头再喝吧,"巴勃罗·维卡里奥说,"这会儿有急事要办。"

"我知道,孩子们,"她回答道,"维护名誉的事不能耽搁。"

尽管如此,兄弟俩还是耽搁了一阵,这次是佩德罗·维卡里奥以为他哥哥在有意浪费时间。他们喝咖啡时，正值妙龄的普鲁登西亚·科特斯走进厨房，她手里攥着一卷旧报纸，准备将炉子烧旺些。"我知道他们要干什么，"她告诉我，"我不仅同意，而且如果他不能像个男子汉一样履行责任，我就不会嫁给他。"走出厨房之前，巴勃罗·维卡里奥从她手里抽出两沓报纸，递给弟弟一沓，两人把刀裹起来。普鲁登西亚·科特斯站在厨房里一直看着他们走出院门，此后她又等了三年，一刻也没有灰心丧气过，直到巴勃罗·维卡里奥出狱，成为她的终身伴侣。

"多保重。"她对他们说。

所以，克洛蒂尔德·阿门塔觉得兄弟两人迈进店门时不如之前坚决，不是没有道理的。她给他们来了一瓶烈性朗姆酒，盼着能让他们醉死过去。"那一天我才发现，"她对我说，"我们女人在这世上是多么孤独！"佩德罗·维卡里奥向她借她丈夫的刮脸用具。她给他拿来了胡刷、肥皂、挂镜、换了新刀片的安全剃刀，可他却用屠刀刮了胡子。克洛蒂尔德·阿门塔觉得那简直是粗野透顶。"就像电影里的杀手。"她对我说。后来，佩德罗·维卡里奥告诉我，这事是真的，他在军营里学会了用剃头刀刮脸，之后就再也没能改变。他哥哥刮脸的方式远比他斯文，用了堂罗赫略·德拉弗洛尔的安全剃刀。之后两个人慢慢地安静地喝着那瓶烈酒，睡眼惺忪地望着街对面那栋房子昏暗的窗口。与此同时，许多人装作顾客来买他们根本不需要的牛奶，询问店里没有的吃食，实际上是想看看，兄弟俩是否真的在等圣地亚哥·纳萨尔，准备要杀了他。

维卡里奥兄弟不会看到那扇窗子透出光来。圣地亚哥·纳萨尔四点二十分回到家里，不必打开任何一盏灯就可以走进卧室，因为楼梯的壁灯整宿亮着。他一头躺倒在黑暗中的床上，没有脱衣服，他只能睡一个小时。维多利亚·古斯曼上楼叫他起床去迎接主教时，发现他就这么睡着。我们一起在玛利亚·亚历杭德里娜·塞万提斯那儿待到三点多，她亲自把乐手们打发走，熄灭院子里舞场上的灯，吩咐那些寻欢作乐的黑白混血姑娘们独自回房休息。她们已经不停歇地工作了三天三夜，先是偷偷地招待婚礼嘉宾，之后又敞开门款待我们这些狂欢之余尚未尽兴的人。至于玛利亚·亚历杭德里娜·塞万提斯，我们常说她这辈子只睡一次觉，那就是永世长眠的时候。她是我见过的最绰约最温存的女人，没有谁能比得上她的床上技艺，不过她也是最严厉的女人。她生在这里，长在这里，生活在这里——一栋四门大开的房子，有几间供人租住的屋子，一个当作舞场的宽敞庭院，庭院里悬挂着从帕拉马里博的中国人店铺里买来的大灯笼。是她夺去了我们这一代人的童贞。她教给我们的比我们应该懂的要多得多，最重要的是她让我们知道，生活中没有什么比一张空荡荡的床更让人悲伤。圣地亚哥·纳萨尔第一眼见到她就丢了魂儿。我告诫他："雄鹰追逐苍鹭，危机四伏。"可他听不进去，仍被玛利亚·亚历杭德里娜·塞万提斯那迷人的召唤弄得神魂颠倒。

这个女人燃起他狂乱的激情，成了他十五岁那年为之哭泣的主角，直到易卜拉欣·纳萨尔一顿鞭子把他从床上抽起来，关进圣颜牧场一年多。从那以后，他们之间仍有一种严肃的情感，却已不再是混乱痴狂的激情。玛利亚·亚历杭德里娜·塞万提斯十分尊重他，只要他在，就绝不与其他人上床。最近那次假期，她编了个借口说自己有些疲惫，早早将我们打发走了，但是大门却不上闩，走廊里还留着一盏灯，是让我偷偷地回去跟她私会。

圣地亚哥·纳萨尔在乔装打扮方面有一种近乎神奇的天赋，他最喜欢把混血姑娘打扮成别的模样。他常常抢走几个姑娘的衣服给其他姑娘穿上，最后每个姑娘都变得不像自己，反倒显出别人的样貌。有一次，一个女孩看到别人变得跟自己一模一样，竟忍不住放声大哭。"我觉得自己从镜子里走出来了。"她说。但是那一晚，玛利亚·亚历杭德里娜·塞万提斯没有允许圣地亚哥·纳萨尔最后一次享受易装大师的乐趣。

她编了个拙劣的借口将圣地亚哥·纳萨尔打发走,那次记忆的苦涩味道改变了他的命运。所以,我们带着乐手跑到大街上游逛吟唱小夜曲去了。当维卡里奥兄弟等着要杀圣地亚哥·纳萨尔的时候,我们正在狂欢。将近四点时,圣地亚哥·纳萨尔突发奇想,邀我们登上鳏夫希乌斯的小山丘,去为新婚夫妇演唱。

我们在窗下唱小夜曲,在院子里燃放烟火和爆竹,但却感觉不到别墅里有任何生命的气息。当时没有想到房子里没人,尤其是那辆新汽车还停在门口,车篷折叠着,婚礼中挂上的缎带和蜡制香橙花环还原封未动。我的弟弟路易斯·恩里克那时候像个专业的吉他手,他即兴为新人弹唱了一首打趣婚姻的歌谣。直到那时天还没有下雨。明月高悬,空气澄澈,山崖下的墓园里闪动着一簇簇磷火。另一边,隐约可以望见月光下蓝色的香蕉园、苍茫的沼泽地和加勒比海磷光闪闪的海平线。圣地亚哥·纳萨尔指着海面上闪烁的光芒对我们说,那是一艘贩奴船受苦的鬼魂,它满载着从塞内加尔劫掠的黑奴沉没在卡塔赫纳的港湾里。他应当不是良心上有什么歉疚烦恼，因为那时他还不知道安赫拉·维卡里奥短暂的婚姻生活已经在两个小时前结束了。巴亚尔多·圣罗曼拉着他的妻子徒步返回她父母家，以免汽车的马达声过早地泄露他的不幸。他又变成了孤身一人，在鳏夫希乌斯曾经度过幸福生活的别墅里，独自守着暗淡无光的空房。

我们走下山丘时，我弟弟邀请大家去市场上的小饭馆吃炸鱼，但圣地亚哥·纳萨尔不愿去，他想在主教到来之前睡上一个小时。他跟克里斯托·贝多亚沿着河岸走去，旧码头边散布的穷人下榻的客栈开始亮起灯来。拐过街角时，圣地亚哥·纳萨尔朝我们挥手告别。那是我们最后一次看到他。

克里斯托·贝多亚是在圣地亚哥家的后门跟他分手的，他们约好一会儿在码头上碰面。家里的狗听见圣地亚哥·纳萨尔进门，像往常一样吠了两声，他在暗影中摇晃着钥匙让它们安静下来。他穿过厨房走向屋子时，维多利亚·古斯曼正照看着灶台上的咖啡壶。

"白佬，"她叫住他，"咖啡快好了。"

圣地亚哥·纳萨尔说他迟些再喝，并请她转告迪维娜·弗洛尔五点半叫醒他，再给他送一套和身上这身一样的干净衣服。他刚刚上床躺下，维多利亚·古斯曼就从讨牛奶的乞妇那儿收到了克洛蒂尔德·阿门塔捎来的口信。五点半她叫醒了他，不过没有让迪维娜·弗洛尔去，而是自己提着一身亚麻套装上了楼，她时刻提防着不让女儿落入主人家的魔爪。

玛利亚·亚历杭德里娜·塞万提斯没有闩门。我告别了弟弟返回去，穿过走廊，混血姑娘们养的猫睡在那里的郁金香花丛旁。我轻轻推开了卧室的门，房间里没有灯光，但我一进门就闻到了女人温热的气息，看见了黑暗中那只失眠的母豹的双眼。于是我便心旌摇荡地忘掉了一切，直到教堂的钟声敲响。

我弟弟在回家的路上走进克洛蒂尔德·阿门塔的店里去买香烟。他喝得太多，对当时的场景记忆模糊，但是他忘不了佩德罗·维卡里奥让他喝了口酒，那酒实在要命。"简直像咽下一团火。"他对我说。睡着的巴勃罗·维卡里奥听到我弟弟进门，猛地惊醒了，朝他亮了亮手里的刀。

"我们要杀了圣地亚哥·纳萨尔。"他说。

我弟弟却不记得他说过这句话。"就算他真的说过，我也不会相信。"他这样跟我说过很多次，"谁他妈的相信那对孪生兄弟会杀人呢？尤其是还拿着杀猪刀！"随后兄弟俩问他圣地亚哥·纳萨尔在哪儿，因为他们曾经看到我弟弟跟他在一起。我弟弟不记得当时是如何回答的了，但是克洛蒂尔德·阿门塔和维卡里奥兄弟在听到他的话后大惊失色，这句答话作为他们各自的呈堂供词写进了预审报告。据他们说，我弟弟当时回答："圣地亚哥·纳萨尔已经死了。"随后他模仿主教的姿势做了祝福，转身绊到了门槛上，跌跌撞撞地出了门。在广场中央，他和阿马尔多神父擦肩而过。神父穿着法袍正去往码头，身后跟着一个摇铃的侍童，还有几个助手抬着祭坛，那是为主教在户外做弥撒而准备的。维卡里奥兄弟看见这些人走过去，在胸前画了个十字。

克洛蒂尔德·阿门塔告诉我，看见堂区神父从门前走远，孪生兄弟显得十分失望。"我想神父没有收到我的口信。"她说。然而许多年之后，在昏暗的卡拉菲尔疗养院隐居的阿马尔多神父向我坦白，他其实收到了克洛蒂尔德·阿门塔的口信和别人传来的紧急消息，那时他正准备前往码头。"说实在的，我当时不知道该做什么，"他对我说，"我首先想到这不是我的事，而是市政厅的职责，后来我决定顺路给普拉西达·利内罗捎个话。"然而，穿过广场时他已经把这件事忘得一干二净。"您得理解，"他对我说，"在那个不幸的日子，主教要来。"凶杀案发生的时候他感到非常绝望，他嫌恶自己除了敲响救火的钟声，竟然什么主意也想不出。

我弟弟路易斯·恩里克穿过厨房的门回到家中，

我母亲特意没有闩门,以免我们回来时吵醒父亲。路易斯·恩里克睡觉前去了趟卫生间,就坐在马桶上睡着了。我另一个弟弟海梅起床准备上学时,发现他趴在瓷砖地上,在睡梦里哼着歌。我的修女妹妹因为宿醉未消没有去码头迎接主教,她也叫不醒路易斯·恩里克。"我去卫生间时,五点的钟声正好敲响。"她对我说。稍晚些时候,妹妹玛戈特进卫生间洗澡准备去码头,她费了好大的劲儿才把路易斯拖回他自己的卧室。沉沉睡梦中,他朦朦胧胧地听到主教乘坐的船鸣响了头几声汽笛。由于被婚礼狂欢耗尽了体力,这之后他又酣然睡去,直到我的修女妹妹匆忙套上法袍,冲进卧室,发疯般的将他唤醒:

"他们杀了圣地亚哥·纳萨尔!"

查验伤口不过是残忍的尸检程序的开始。由于狄奥尼西奥·伊瓜兰医生不在，卡门·阿马尔多神父只好代替他动手。"就好像在他死后，我们还要再杀他一次。"在卡拉菲尔隐居的老神父告诉我，"可那是镇长的命令，那个野蛮人下的命令，无论多么愚蠢也不得不执行。"这样的安排很不妥当。那个荒诞的礼拜一，阿庞特上校在一片混乱之中给省长发了紧急电报，省长授权他在预审法官到达之前安排初步的司法程序。镇长以前是部队指挥官，对司法毫无经验，但是向内行的人请教该从何下手，他又觉得有失颜面。头一件让他伤神的事就是验尸。克里斯托·贝多亚是医学院的学生，但他因为和圣地亚哥·纳萨尔交情深厚推辞了这桩差事。镇长想将尸体冷藏保存，等到狄奥尼西奥·伊瓜兰医生回来，但是找不到盛得下人的冰柜，肉市上唯一一台尺寸合适的又出了故障。尸体停放在厅堂中间一张狭窄的铁床上，暴露于众人的目光下，与此同时一口供有钱人用的棺材正在赶制中。卧室的电扇全搬了出来，还从邻居家借来几台。但是太多人急着跑来观看尸体，于是不得不移开家具，摘掉鸟笼，卸下栽种欧洲蕨的花盆，即便这样，厅堂里仍旧热得不堪忍受。另外，狗嗅到了死人的气味也纷纷躁动起来，搅得气氛更加惶惶不安。自从我走进屋里，狗便狂吠不止，那时候圣地亚哥·纳萨尔还伏在厨房地板上，没有咽气。我看见迪维娜·弗洛尔大声哭喊，挥着木棍想把狗赶跑。

"帮帮我，"她朝我嚷道，"这些狗要吃他的肠子。"

我们把狗锁进牲口棚里。普拉西达·利内罗后来吩咐人把它们弄到更远的地方，等遗体下葬再放回来。

但到了晌午,谁也不知道怎么回事,狗竟从那地方钻出来,疯狂地窜进屋里。只有这一次,普拉西达·利内罗发起火来。

"该死的狗!"她嚷道,"把它们全宰了!"

人们照她的吩咐立刻动手,房子里安静下来。直到那时,尸体还没有出现令人担心的状况,面容完好无损,仍旧保持着唱歌时的表情。克里斯托·贝多亚将内脏塞回原处,用亚麻布条将尸体包扎好。然而到了午后,伤口开始渗出糖浆色的液体,招来不少苍蝇。嘴边出现一块紫斑,像水中的云影一样缓缓扩散,一直蔓延到发根。那张向来温和的面孔透出一副险恶的表情,死者的母亲将一块手绢罩在他脸上。阿庞特上校明白不能再等了,他吩咐阿马尔多神父动手解剖。"总比过一个礼拜再把他刨出来要强。"他说。神父在西班牙萨拉曼卡大学学过医学,念过外科,但是没有结业就转入了神学院,连镇长都知道,神父的尸检报告缺乏法律效力。即便如此,他依然要求神父照他说的做。

尸检简直是一场屠戮,在镇上的公立学校里进行,一位药剂师帮忙做笔录,还有一个放假在这儿的医学院一年级学生从旁协助。他们手头仅有几件做小手术的器械,其余全是手工工匠的家伙。不过,尽管尸体被破坏得非常严重,阿马尔多神父的验尸报告似乎仍是准确的,法官把它作为有效材料纳入了预审报告。

圣地亚哥·纳萨尔身上的众多刀痕里,有七处致命伤。从正面深深砍入的两刀几乎将肝脏削碎。胃部发现四处伤口,其中一处非常深,将胃完全刺穿,还扎破了胰脏。结肠被刺了六个小孔,小肠上也有多处创伤。背部只挨了一刀,落在第三节腰椎骨上,穿透了右肾。腹腔内有大量淤血。在烂泥般的胃内容物里,发现了一枚卡门教派的金质圣母纪念章,那是圣地亚哥·纳萨尔四岁时吞进肚里的。胸腔有两处被刺穿:一处在右侧第二根肋骨下,伤及肺部;另一处贴着左侧腋窝。此外,胳膊和手上还有六道轻伤,右侧大腿和腹部肌肉被横砍了两刀,右手掌上有一道很深的刺痕。报告上写着:"像是受难耶稣的伤痕。"他的大脑比普通的英国人重六十克,因此阿马尔多神父在报告中写道,圣地亚哥·纳萨尔聪慧过人,本该前途无量。但是他在文末的注释中补充说,死者肝脏肿大,是肝炎治疗不善所致。"换句话说,"神父告诉我,"无论如何他也活不了几年了。"狄奥尼西奥·伊瓜兰医生确实在圣地亚哥·纳萨尔十二岁那年为他治疗过肝炎,回想起那份验尸报告,医生很是愤慨。"只有神父才这么愚蠢,"他对我说,"永远也无法让阿马尔多明白,我们热带地区的人比西班牙加利西亚人的肝脏要大。"验尸报告总结说,死亡的原因是大出血,七处致命伤中的任何一处都足以造成这种结果。

尸体交还回来时完全变了模样。脑颅被环锯术锯碎了一半。死后依然令人心动的面容,眼下已经难以辨认。更糟糕的是,神父将破碎的肠子全部掏了出来,后来竟然不知该如何处理,只好对着它们气恼地祷告了一番,然后全部扔进了垃圾桶。最后几个在学校玻璃窗边围观的人也没了兴致,助手则昏厥过去。至于拉萨罗·阿庞特上校,他曾经目睹并制造过多场镇压性的大屠杀,但在经历了这件事之后,不仅研究起招魂术,还成了素食主义者。那具空皮囊里填满了碎布和生石灰,被细麻绳和缝包针粗粗地缝合,当我们将它装进铺有丝缎的新棺材时,尸身险些没散开。"我以为这样能保存得更久一些。"阿马尔多神父告诉我。结果事与愿违,我们不得不在黎明时将他草草埋葬,因为尸体的状况越来越糟糕,屋里已经存不住了。

阴沉的礼拜二就这样开始了。令人窒息的一天一夜过后,我不敢独自睡去。于是我试着推了推玛利亚·亚历杭德里娜·塞万提斯的门,所幸她没有插门闩。挂在树枝上的中国灯笼还没熄灭,设作舞场的庭院里燃起几丛篝火,上面架着烟气蒸腾的大锅,混血姑娘们正将寻欢作乐的衣裙染成丧服。我看见玛利亚·亚历杭德里娜·塞万提斯像往常一样,天亮时还没睡下,也像往常一样,只要家里没有陌生人她就一丝不挂。她用土耳其女人的姿势盘腿坐在女王床榻上,面前摆着巴比伦风格的大浅盘,里面盛着各种吃食:嫩牛排、清炖鸡、猪肉里脊、香蕉蔬菜拼盘,足够五个人享用。无节制的饕餮是她表达哀伤的唯一方式,我从没有见过她如此悲痛。我和衣躺倒在她身旁,几乎没有说话,也用我自己的方式哀悼着。我想起圣地亚哥·纳萨尔的悲惨命运:他不仅死了,而且身躯已经支离破碎直到最后毁灭,命运就这样收缴了他二十年的幸福生活。我梦到一个女人抱着一个小女孩走进房间,女孩一刻不停地咀嚼着,嚼得半碎的玉米粒纷纷掉在女人的胸罩上。那女人对我说:"她这样嘎吱嘎吱地嚼,像只疯狂的五子雀,有点像窃笑,有点像切割。"我突然感觉到一只手正焦急地解着我的衬衫纽扣,闻到躺在身后的那只充满爱欲的母兽散发出危险的气味,我觉得自己正陷入她那流沙般的温存所带来的快乐中。但她突然停住了,退到旁边咳嗽了一声,远远离开了我。

"不行,"她说,"你身上有他的气味。"

不仅是我,那天的一切都散发着圣地亚哥·纳萨尔的气味。维卡里奥兄弟也闻到了,他们被关在牢房里,镇长正琢磨该怎样发落他们。"无论怎么用肥皂和丝瓜瓤搓洗身体,都没法去掉那股气味。"佩德罗·维卡里奥对我说。他们已经三天三夜没有合眼,可还是无法入睡,因为刚一睡着,那场凶杀案就会在梦中重演。巴勃罗·维卡里奥快要老去时,曾想向我解释那一天对他而言如何漫长。他脱口而出道:"就像比平时清醒两倍。"这句话让我明白,头脑清醒是他们关在牢房里最难以忍受的事情。

那是间三米见方的牢房,高处的天窗上装着铁栏杆。房间里有一个简易马桶,一个放着脸盆和水罐的洗漱架,两张铺着草席的简易床。这座牢房是阿庞特上校下令修建的,他曾说哪家旅馆也比不上这里有人情味。我弟弟路易斯·恩里克同意这个说法,因为有天晚上他和乐手们打架被关进牢里,镇长仁慈地允许他挑一位混血姑娘一同过夜。那天早晨八点，维卡里奥兄弟逃脱了阿拉伯人的追杀之后，或许也是这么想的。当时他们因完成了光荣的使命而感到欣慰，唯一令人焦虑的是那股挥之不去的气味。他们要了几大桶水、几块肥皂和丝瓜瓤，洗掉手臂和脸上的血污，又把衬衫洗干净，但还是睡不着。佩德罗·维卡里奥要来清洗剂、利尿剂，还有一卷消毒纱布，好为自己包扎，那天早晨他小便了两次。然而，接下来的时间越来越难熬，气味已经成了次要的事。午后两点钟，令人昏沉的热浪快把他们融化了，疲惫至极的佩德罗·维卡里奥却无法躺在床上，也累得站不起身。腹股沟的疼痛一直升到脖颈，他尿不出尿来，心怀恐惧地断定自己这辈子再也睡不着觉了。"我十一个月没有合眼。"他对我说。我非常了解他，知道那是实话。那天他咽不下午饭，而巴勃罗·维卡里奥从送来的食物里每样吃了几口，一刻钟过后就像得了瘟疫似的腹泻起来。傍晚六点，正在解剖圣地亚哥·纳萨尔尸体的时候，镇长被紧急叫走，因为佩德罗·维卡里奥坚持说有人给他哥哥下了毒。"我快成一摊水了，"巴勃罗·维卡里奥对我说，"我们总觉得是土耳其人耍了什么花招。"到那个时候，简易厕所已经溢了两回，看守带着巴勃罗往镇政府的厕所跑了六趟。阿庞特上校在镇政府瞧见巴勃罗·维卡里奥时，他正被守卫团团围住，蹲在没装门板的厕所里。见他腹泻得如此厉害，镇长觉得下毒一说也并不荒唐。不过，这个说法很快不攻自破，因为已经确知，水和午餐都是普拉·维卡里奥送来的。然而，镇长还是放心不下，他下令让特殊警卫将囚犯押解到他家里。预审法官赶到后，才将他们转移到里奥阿查的监狱去。

不仅孪生兄弟感到恐慌，街上的人们也在议论纷纷。阿拉伯人要报仇的传言并没有消除，但是除了维卡里奥兄弟，没有人想到他们会下毒。大家更愿意相信阿拉伯人会等到夜晚，从天窗里泼进汽油，把两个囚犯烧死在牢里。但这个说法没有一点根据。阿拉伯移民从世纪之初在加勒比海沿岸的各个村镇——包括那些偏远闭塞的村庄落脚，一向安守本分。他们靠卖碎花布和集市上的便宜玩意儿来谋生，勤劳而虔诚，相互之间和睦融洽。他们只在族内通婚，进口小麦当口粮，在院子里养羊，种植牛至和茄子。唯一能激发他们激情的便是玩纸牌。老一辈阿拉伯人仍旧操着故乡的土语；第二代在家中也还乡音未改；传到第三代，就变成听父母用阿拉伯语问话，而自己用西班牙语回答，只有圣地亚哥·纳萨尔例外。因此很难想象，他们会突然改变温良的秉性去杀人抵命，况且发生这桩凶杀案每个人都难卸责任。同样地，没有人认为普拉西达·利内罗一家会复仇杀人。虽然这个中道衰落的家族曾经强势而好斗，倚仗家族姓氏的庇佑，还出过两个在酒馆里肆意胡为的凶悍角色。

阿庞特上校听了流言惴惴不安，挨门挨户地拜访阿拉伯人，至少那一次他得出了正确的结论。他发现他们迷惘、悲伤，家中的圣坛上摆放着表示哀悼的物品，甚至有人坐在地上恸哭，但没有一个人怀有报仇的念头。圣地亚哥被杀的那天清晨，阿拉伯人的反应不过是出于一时的激愤；连带头追赶凶手的人都承认，即便抓住了他们也不外是痛打一顿。不仅如此，百岁的阿拉伯族母苏萨娜·阿卜杜拉，还让人用西番莲花和苦艾煎了一种神奇制剂，治好了巴勃罗·维卡里奥的腹泻，也让他的孪生兄弟尿路通畅。从那时起，佩德罗·维卡里奥开始陷入失眠者的困倦，而他刚刚康复的哥哥也无怨无悔地沉入第一场梦中。礼拜二凌晨三点，普拉·维卡里奥被镇长带去与两个儿子告别时，他们就是这副模样。

维卡里奥一家搬走了，包括两个结了婚的大女儿和她们的丈夫，这是阿庞特上校的提议。他们离开时没有人注意，因为镇上的居民已经累得精疲力竭，我们几个尚未睡去的人正在那个无可挽回的日子里给圣地亚哥·纳萨尔送葬。根据镇长的意见，事态平息之前，他们要先在外面暂住些日子，但是维卡里奥一家再也没有回来。普拉·维卡里奥给被退婚的女儿头上裹了一条围巾,以免被人瞧见她的伤痕;还让她穿了一身火红色的衣裳,省得人们怀疑她在哀悼自己的秘密情人。这位母亲临行前恳请阿马尔多神父给关在牢里的两个儿子做忏悔,可是佩德罗·维卡里奥拒绝了,并且说服他哥哥相信他们没有什么可忏悔的。他们两个被孤零零地留下来。转移到里奥阿查的那一天,兄弟俩已经恢复得差不多了。他们坚信自己做得有理,不愿意像家人那样在夜里被带走,而是要在白天光明正大地离开。他们的父亲庞西奥·维卡里奥不久便去世了。"良心上的痛苦压垮了他。"安赫拉·维卡里奥告诉我。两个兄弟被释放后就留在了里奥阿查,距离家人居住的马纳乌雷只有一天的路程。普鲁登西亚·科特斯去那里嫁给了巴勃罗·维卡里奥,巴勃罗在父亲留下的作坊里学会了打制金银首饰的手艺,成了一名出色的首饰匠。佩德罗·维卡里奥没有恋爱,也谋不到差事,三年之后又重新入伍,得了准尉的头衔。一个明媚的早晨，他带着巡逻队哼着低俗的小曲，走进了游击队控制的区域，从此再无消息。

对于绝大多数人来说，这场凶杀案只有一个受害者，那就是巴亚尔多·圣罗曼。人们认定，悲剧的其他几个主人公都已经带着尊严，甚至是悲壮地承担了命运指派的角色。圣地亚哥·纳萨尔为他造成的凌辱赎了罪，维卡里奥兄弟证明了身为男子汉的尊严，而遭人诱骗的妹妹也恢复了名誉。唯有一个人失去了一切，那就是巴亚尔多·圣罗曼。"可怜的巴亚尔多。"之后许多年，他就这样留在了人们的记忆里。然而，凶杀案过后，直到下一个礼拜六出现月食之前，没有一个人想起他来。那天鳏夫希乌斯告诉镇长，他看见一只磷光闪闪的鸟扑扇着翅膀盘旋在他那栋旧宅的房顶上。他认为那是亡妻的灵魂来索回属于她的东西。镇长猛拍一下自己的脑门，不过这一反应跟鳏夫的幻觉没有任何关系。

"该死！"他叫道，"我怎么把那个可怜的家伙给忘啦！"

他率领巡逻队爬上山丘，看见汽车敞着顶篷停在别墅门前，卧室里透出孤寂的灯光，但是没有人来应门。于是他们撞破侧门，在月食的残光中挨个察看了房间。"房间里的东西都像是浸在水里。"镇长向我讲道。巴亚尔多·圣罗曼毫无知觉地躺在床上，与那个礼拜一凌晨普拉·维卡里奥看见他时一样，依然穿着考究的裤子和丝质衬衫，只是没有穿鞋。地上丢着不少空酒瓶，床边还有几瓶没启瓶盖，但看不到任何食物的残迹。"他当时酒精中毒很严重。"狄奥尼西奥·伊瓜兰医生对我说，他对巴亚尔多·圣罗曼进行了紧急抢救。几个小时后他醒了过来，然而刚一清醒，他便尽可能客气地将所有人轰出门外。

"谁都别烦我，"他说，"就连我爸爸也他妈的得给我滚蛋！"

镇长向佩特罗尼奥·圣罗曼将军发了紧急电报，把事情原原本本地告诉他，连最后一句也一字不落地做了引述。圣罗曼将军应该是完全遵从了儿子的意愿，因为他本人没有来探望，而是派了妻子和两个女儿前来，随行的还有两位年长的女士，似乎是妻子的姐妹。她们来时乘坐的是货船。为了哀悼巴亚尔多·圣罗曼的不幸，他们穿着裹至脖颈的丧服，披散着长发。上岸之前她们脱掉了鞋，赤脚踩着正午滚烫的沙土穿过街道，向山丘走去。她们揪着头发，放声哭号，尖锐的声音像是在欢快地叫喊。我看着她们走过玛格达莱纳·奥利维家的阳台，我记得自己当时想，这样的悲痛只能是伪装，为了掩饰更大的羞耻。

拉萨罗·阿庞特上校陪她们走进山丘上的别墅，随后狄奥尼西奥·伊瓜兰医生骑着出诊时骑的母骡也上了山坡。等阳光不那么刺眼的时候，镇政府的两个男人用一张拴在木棍上的吊床把巴亚尔多·圣罗曼抬了出来。他身上盖着一条毯子，连脑袋也蒙住了，后面跟着那群哭号的妇人。玛格达莱纳·奥利维以为他已经死了。

"上帝啊！"她叹道，"真是他妈的浪费！"

他又一次醉得不省人事，不过确实难以相信被抬走的是个活人，因为他的右臂一直拖在地上。他母亲将手臂放回吊床上，可它马上又垂下来，就这样他在地上留下一道痕迹，从悬崖边一直延伸到轮船的甲板。这就是他最后留给我们的东西：对受害者的记忆。

别墅被遗弃在山丘上。我和我的弟弟们放假回家时，常常在喧闹的夜晚爬上山丘去看看这栋房子，每次都会发现里面值钱的物件越来越少了。有一回，我们找到了安赫拉·维卡里奥在新婚之夜派人从母亲那里取来的手提箱，不过谁也没有在意它。里面装的不过是女人的卫生用品和化妆品。直到多年以后，安赫拉·维卡里奥告诉我为了瞒过丈夫，别人教给她一套产婆用的老办法，我才知道那些东西的真正用途。她的婚姻只维持了五个小时，那只手提箱是她留在新房里唯一的痕迹。

过了些年，当我为撰写这篇报道回到故乡搜寻最后的证据时，我发现连约兰达·德希乌斯在这里度过幸福生活的痕迹也都消失了。虽然拉萨罗·阿庞特上校下令严密看管这栋别墅，但里面的东西还是慢慢地不翼而飞，包括那个装有六面穿衣镜的衣柜。当初衣柜因为大得抬不进门去，还是由来自蒙帕斯的精工巧匠在屋子里组装的。鳏夫希乌斯喜出望外，认为那是他亡妻的阴魂来取走了原本属于她的东西。拉萨罗·阿庞特上校还为此奚落过他。然而有一天晚上，为了解释家具为何神秘失踪，上校突发奇想举行了一场招魂弥撒。约兰达·德希乌斯的阴魂用她的笔迹证实，是她取走了以往幸福生活中的物件，去装饰死后的阴宅。别墅开始破败。门前新婚夫妇的轿车渐渐散了架，最后只剩被风吹雨淋的残破车身。许多年没有听到过轿车主人的消息了。预审报告上有他的一段声明，但是简短而程式化，像是为履行手续而在最后一刻被人说服写下的。我只尝试着跟他接触过一次，那是在二十三年之后。他带着敌意接待了我，拒绝向我提供任何信息来澄清他在这场悲剧中扮演的角色。说实话，就连他的家人了解得也不比我们多，他们不明白巴亚尔多·圣罗曼跑到这个边远的小镇做什么，除了跟一位素未谋面的姑娘结婚，看不出有其他的理由。

关于安赫拉·维卡里奥，我却能不时地听到些消息，因此她的形象在我的头脑中被理想化了。我的修女妹妹有一段时间在上瓜希拉传教，想劝说最后几个偶像崇拜者皈依天主教。她常有机会住在那儿和安赫拉·维卡里奥闲谈，安赫拉的母亲总想让女儿在这座饱受加勒比海的盐分烘烤的荒村里了却余生。"你的表妹问候你呢。"我妹妹常常告诉我。最初那几年，玛戈特也去拜访过几次，她告诉我，维卡里奥一家购置了一栋结实的房子，有一座宽敞的后院，时有海风吹过。唯一一个缺点就是在涨潮的夜晚，海水会从厕所倒溢进来，天亮时鱼儿常在卧室里活蹦乱跳。那段时间见过安赫拉·维卡里奥的人都说，她总是专注地伏在绣花机前劳作，技艺越发精湛，而且在忙碌中已经淡忘了过去的事情。

多年以后，我为了认识自己，过了一段漂泊不定的生活，在瓜希拉一带的乡间售卖百科全书和医学书籍。我偶然来到那个沉闷的印第安村落。村子里有一栋房子朝向大海，窗边一个女人正趴在机器上绣花。那是一天中最热的时候，她穿着半身丧服，戴着铜丝眼镜，淡黄色的头发已有些花白，头顶上挂着一只鸟笼，金丝雀在笼子里唧啾个不停。见到她坐在窗前这幅田园诗般的景象，我真不愿相信她就是我认识的那个女人，因为我不愿承认生活最后会沦落得与拙劣的文学作品如此相像。但那分明是她，那场悲剧发生二十三年后的安赫拉·维卡里奥。

她像往常那样，把我当作远房表兄迎进门来，很有见地地回答了我的问题，而且不乏幽默。她是那样成熟聪慧，真难以相信她就是当年的安赫拉。最让我吃惊的是她最终对自己生活的理解。几分钟过后，我觉得她并不像初见时那样苍老，反倒和记忆中一样年轻，但与那个二十岁时被迫毫无感情地嫁人的少女全无相似之处。她母亲已经年迈，接待我时仿佛我是个惹人嫌恶的幽灵。她拒绝谈论过去，因此我只能用她与我母亲交谈中的只言片语以及我残存的记忆补全这篇报道。她竭力想把安赫拉·维卡里奥变成活死人，但是女儿没有让她如愿以偿，因为她从不把自己的不幸当作秘密。恰恰相反，如果有人愿意了解，她可以毫不避讳地将全部细节娓娓道来，只有一点除外，那就是究竟是谁、以什么方式、在何时伤害了她。没有人相信真的是圣地亚哥·纳萨尔干的。他们属于毫不相干的两个世界。从没有人见过他们俩在一起，更不要说单独相处。圣地亚哥·纳萨尔很高傲，不可能注意到她。"你那个傻表妹。"不得不跟我谈到她时，他总会这么说。况且，正如我们当年说的，圣地亚哥·纳萨尔像一只捕猎雏鸡的老鹰。他跟他父亲一样，总是独来独往，牧场里任何一位任性的少女都是他猎取的对象，但是在小镇上却没见过他和谁关系暧昧，除了跟弗洛拉·米格尔中规中矩的交往，以及与玛利亚·亚历杭德里娜·塞万提斯长达十四个月的疯狂恋情。最广为流传或许也最险恶的说法认为，安赫拉·维卡里奥是在保护某个她真心爱慕的人，而选中圣地亚哥·纳萨尔这个名字，是因为她认定自己的两个哥哥绝不敢冒犯他。我也想套出实情，因此在第二次拜访她时早早准备了一番说辞，然而她几乎没有从绣花机前抬起双眼，就驳回了我的话。"别兜圈子了，表兄，"她对我说，"就是他。"

其他一切她都可以毫无保留地讲出来，包括新婚之夜的那场灾难。她告诉我，她的几位女伴教她如何在床上把新郎灌得烂醉如泥，如何装得十分害羞好让他把灯关上，又怎样用明矾水濯洗下身以伪装贞洁，怎样把红汞药水染到床单上，以便第二天晾到新居的庭院里。然而，有两件事这些拉皮条的女人未曾考虑到：一是那晚巴亚尔多·圣罗曼坚持不肯多喝，二是安赫拉·维卡里奥由于母亲的严加管教，内心依然保持着纯良正直。"她们教我的事,我一件也没有做。"她对我说,"因为我越想越觉得那一切太下作,不该那样对待任何一个人,更何况是那个不幸娶了我的苦命人。"于是她在灯光明亮的卧室里脱得一丝不挂,抛开了已经摧毁她的生活的种种恐惧。"非常简单,"她对我说,"因为我已经下定决心去死。"

她毫无羞愧地讲述自己的不幸,实则是为了掩饰另一种不幸,那真正的不幸灼烧着她的五脏六腑。在她向我吐露之前,任何人都不会想到,巴亚尔多·圣罗曼在把她送回娘家的那一刻,就永远地留在了她心上。那对她是致命的一击。"妈妈动手打我的时候,我突然开始想念他。"她告诉我。抽打仿佛不那么疼了,因为她明白那是为他而受的苦。躺在餐厅的沙发上抽泣时,她还在想着他,连她自己也有些惊讶。"我不是因为挨了打才哭的,跟所有那些都没关系,"她告诉我,"我是为他而哭。"母亲把蘸着山金车酊的纱布敷到她脸上时,她仍在想念他;甚至当听到街上喧嚷嘈杂,钟楼上钟声大作,母亲进门来告诉她可以去睡觉了,因为最坏的事情已经过去时,她还一直想着他。

她不抱任何幻想地思念了那个人很久,直到有一次陪母亲到里奥阿查的医院检查眼睛。她们路过港口宾馆,因为与老板相熟,普拉·维卡里奥便走进去在吧台要了一杯水。她背对着女儿喝水时,安赫拉·维卡里奥在大厅的组合镜里瞧见了自己的心上人。她深吸一口气转过头去,看见他擦身而过却没有发现自己,然后目送着他走出了宾馆。她心碎地回过头来看了看母亲,普拉·维卡里奥已经喝完那杯水,用袖子抹抹嘴唇,戴着新眼镜站在吧台前朝她笑了笑。从那笑容里,安赫拉·维卡里奥有生以来第一次看清了真正的母亲:一个可怜的女人,全心崇信着她自身的缺陷。"都是狗屎。"她自言自语道。她心烦意乱,回家时放声唱了一路,进门就扑倒在床上,一连哭了三天。

她就此重生。"我为他发了疯,"她对我说,"彻底地发了疯。"她只要闭上眼睛就能看见他,在大海潮涌间能听见他的呼吸，半夜躺在床上因为感觉到他滚烫的身体而惊醒。那个周末，她片刻也不得安宁，提笔给他写了第一封信。那是一封中规中矩的便笺，她在信上告诉他，看见他走出了宾馆，如果他也看见了她，她会很高兴的。她坐等回信，却不见音讯。过了两个月，她等得累了，便又写了一封与上次一样含蓄的信，似乎只是为了责备他没有礼貌。六个月之后，她寄出了六封信，都没得到回音，但她安慰自己说他肯定全收到了。

安赫拉·维卡里奥第一次成了自己命运的主人，她发现原来爱与恨是一对同消共长的激情。寄出的信越多，她情感的炽焰就烧得越旺，对母亲那令人快慰的怨恨也就越发强烈。"看见她，我胃里就直翻腾，"她告诉我，"可每次又总让我想起他。"被退婚后的生活就像单身时一样乏味，她常跟女友们一起用机器绣花，就像从前叠纸鸟、用碎布做郁金香一样，不过等母亲就寝后，她就躲到房间里写那些毫无指望的信，直到天亮。她变得头脑清醒，自信笃定，不仅成了自己意志的主人，还重新变成只属于他一个人的处女。除了自己，她不再承认任何权威，除了自己的痴念，她不再受任何他物驱遣。

她在半生的时间里，每个星期都要写信。"有时我都不知道该说些什么，"她边说边露出一丝微笑，"但一想到这些信他都收到了，也就知足了。"一开始是订婚男女的信笺，后来变成秘密情人的字条、一见倾心的爱侣喷洒香水的卡片、讨价还价的备忘录、爱情记录，最终成了被抛弃的妻子谎称身患重病强迫丈夫归来的责难书。一天晚上，她心情不错，墨水洒在了写完的信上，她不仅没有撕毁，还添上一句附言："为了证明我的爱，随信寄上我的眼泪。"有些时候她哭累了，也嘲笑自己的疯狂。邮差换了六拨，她每次都把他们变成自己的同谋。她唯一没有想过的就是放弃。然而，他似乎对她的狂热毫无知觉，她的信像是写给了一个不存在的人。

第十个年头一个多风的清晨,她突然感到他赤裸着躺在她的床上,这种真实而清晰的感受将她惊醒。于是她给他写了二十页炽烈奔放的信,毫不羞怯地讲述了自那个不祥的夜晚以来在她心中慢慢溃烂的苦楚。她讲起他留在她身上的永难消除的伤痕,他舌尖的咸味,他那非洲人般的阳具侵入她身体时的炽热。礼拜五她将这封信交给女邮差,这位邮差每礼拜五下午来陪她绣花,然后将信件收走。她相信最后这一次放纵肯定能终结她的痛苦。但是仍旧没有回信。从那时起她就不知道自己在写些什么,是写给谁的,却依然持续不断地写了十七年。

八月的一个午后,她正和女友们一起刺绣,忽然听见有人走到门外。看也不用看,她便知道是他来了。"他胖了,头发开始脱落,看近处的东西也要戴上老花镜了,"她对我说,"可那是他,妈的,是他啊!"她感到心慌意乱,因为她知道他眼中的自己一定像自己眼中的他那样衰老,而她觉得,他心中的爱意未必像她的爱那般坚韧。他身上的衬衫被汗水浸透了,就像第一次在晚会上与她相遇时那样;他还是系着那条皮带,挎着那只镶有银饰、如今接口已脱线的牛皮背囊。巴亚尔多·圣罗曼向前迈了一步,没有理会旁边那几位诧异的女友,将背囊放在绣花机上。

"好吧,"他说,"我来了。"

他带来的一只行李箱中塞满了准备留下来穿的换洗衣物,另一只一样的箱子里装着她写给他的近两千封信。信件按照日期码放得齐齐整整,每一捆都用彩色绸带系好,一封也没有拆开过。

许多年里，我们无法谈论其他事情。受习惯支配的日常行为，如今却突然围绕着同一件令人忧心的事运转起来。拂晓前的鸡鸣敦促我们去梳理构成这桩荒诞事件的一连串巧合。诚然，我们这样做并不是由于渴望解开谜团，而是因为如果不能确知命运指派给我们怎样的角色和使命，我们就无法继续活下去。

这一点许多人永远都不得而知。后来成为著名外科医生的克里斯托·贝多亚，始终无法解释为什么在主教到达之前他竟不由自主地在祖父母家待了两个小时，而没有回父母家休息。他的父母一直坐等到天亮，急着想把关于凶杀的传闻告诉他。不过，大多数本来能够阻止这场凶杀案却什么也没有做的人，都找到了借口聊以自慰，说什么捍卫名誉是悲剧的当事人神圣的权利，别人不该介入。"名誉就像爱情。"我曾经听母亲这么说。奥滕西亚·包特与这桩案件唯一的关系是，凶杀案还没有发生，她就看到屠刀上淌着鲜血。这个幻象让她受了强烈的刺激，陷入悔罪的渊薮，终于有一天她再也承受不住，赤身裸体跑到了街上。圣地亚哥·纳萨尔的未婚妻弗洛拉·米格尔，由于极度绝望跟一个边防中尉私奔了，后来被中尉逼迫在比查达的橡胶工人中卖淫。曾给三代人接生的产婆奥拉·比耶罗，听到凶杀的消息突然感到膀胱痉挛，直到死去的那一天她都需要导尿管才能小便。克洛蒂尔德·阿门塔敦厚的丈夫堂罗赫略·德拉弗洛尔，八十六岁那年依然健康矍铄，他最后一次从床上起来，看到圣地亚哥·纳萨尔被堵在紧闭的家门口，惨遭乱刀杀害，结果受了惊吓而丧生。普拉西达·利内罗在最紧要的关头闩上了大门，但随着时间的流逝她原谅了自己。

"我关上门，是因为迪维娜·弗洛尔发誓说看见我儿子进去了，"她告诉我，"但其实不是那么回事。"相反，她永远不能原谅自己的是混淆了预示吉祥的树林和预示凶险的飞鸟，为此，她放纵自己养成嚼独行菜籽的恶习。

案件发生十二天之后，预审法官赶到了这个刚刚遭受创伤的小镇。他坐在镇政府肮脏的木板房办公室里，喝着兑了甘蔗烧酒的咖啡，以驱散燠热空气中的蜃景。他不得不请求调派援军以控制不断涌入的人群，因为人们未经传唤就跑来作证，急于显示自己在这出闹剧里的重要位置。这位预审法官刚刚毕业，还穿着法学院的黑呢制服，戴着刻有毕业纪念徽章的金戒指，透着初出茅庐的激昂与自得。我一直都不知道他的名字，对他脾性的所有了解都是从预审报告上读出来的。凶杀案过去二十年后，经过许多人的帮助，我在里奥阿查的法院里找到了这份预审报告。法院的档案没有做任何分类，一个多世纪以来的诉讼材料全都积存在地板上。这座陈旧衰朽的殖民风格的建筑曾做过弗朗西斯·德雷克两天的指挥部,底层常被海水侵袭,一卷卷散乱的案宗漂浮在空寂的办公室里。我多次蹚着没过脚踝的积水,在那片漂着破损的诉讼卷宗的水塘里搜寻。就这样五年过去了,一个偶然的机会,我找到了报告中掉落的三百二十二页记录,而整个预审报告应该有五百页以上。

没有一张纸上出现过预审法官的名字,但是可以看出他是个满怀文学激情的人。他无疑熟读过西班牙古典文学,略通拉丁文作品,非常了解尼采,那个时期法官读尼采是一种风尚。页边的所有旁注看上去都像是蘸着血写成的,不止是因为墨水颜色的缘故。命运偶然呈现在他眼前的迷局令他困扰不已,因此预审报告里多次出现了抒情笔调的文字,偏离了他本该坚守的严谨的职业态度。尤其是生活竟然动用了这么多连文学都避讳使用的巧合,毫无阻碍地最终铸成这桩事先张扬的凶杀案,这让他感到无论如何都不合情理。

然而最令他惊讶的是，经过费尽心思的审理，竟然找不到任何证据证明圣地亚哥·纳萨尔就是玷污他人声誉的肇事者，哪怕是蛛丝马迹的线索也没有。给安赫拉·维卡里奥出谋划策、教她欺骗新郎的女伴们一直声称，婚礼前她们就知道新娘有个秘密情人，只是她没有透露过那个人的姓名。预审报告中记录了她们的供词："她只描述奇迹，却不肯说谁是圣徒。"而安赫拉·维卡里奥本人一直都不松口。预审法官旁敲侧击地问她，是否知道死者圣地亚哥·纳萨尔是什么人，她不动声色地答道：

"他是侵犯我的人。"

报告上就是这么写的，但没有写明是在什么地方、如何侵犯的。在只进行了三天的开庭审理中，民众代表一再坚称这种指控软弱无力。因为缺乏控告圣地亚哥·纳萨尔的证据，法官大感不解，他勤勉的工作也在某些时刻因为失望而打了折扣。在第四百一十六页上，他蘸着药剂师的红墨水，亲手写下一条旁注："给我一个偏见，我将撬动地球。"在这个心灰意懒的句子下面，他用红墨水画了一颗被箭刺穿的心，线条娴熟老练。和圣地亚哥·纳萨尔最亲近的朋友们一样，他也认为，被害人生前最后几个小时的举动足以证明他的清白。

临死前的那个清晨，圣地亚哥·纳萨尔没有显出片刻迟疑，尽管他十分清楚安在他头上的罪名会让他付出怎样的代价。他了解周遭世界的守旧古板，也知道那对孪生兄弟性格粗犷，无法忍受他人的羞辱。人们都不太了解巴亚尔多·圣罗曼，但圣地亚哥·纳萨尔对他足够熟悉，应该明白除了那套上流社会的做派，他跟任何人一样也免不了世俗的偏见。因此，如果圣地亚哥存心肆无忌惮，那无异于自杀。况且就像很多人说的那样，在最后一刻终于知道维卡里奥兄弟正等着要杀他的时候，圣地亚哥·纳萨尔的反应不是恐惧，而是无辜者的慌张。

我个人的感觉是，他一直到死也不明白自己为什么遇害。他答应我妹妹玛戈特来我们家吃早餐之后，克里斯托·贝多亚就拽着他的胳膊沿着码头往回走，两个人都显得气定神闲，给人造成了一种错觉。"当时他们看上去那么高兴，"梅诺·洛艾萨对我说，"我不住地感谢上帝，以为那场危机已经化解了。"当然，并不是每个人都这么喜欢圣地亚哥·纳萨尔。发电厂的老板波洛·卡里略就认为他的镇静不是清白无辜而是玩世不恭。"他觉得自己有钱，别人不敢碰他。"他对我说。他的妻子福斯塔·洛佩斯补充了一句："所有的土耳其人都一个样。"因达莱西奥·帕尔多从克洛蒂尔德·阿门塔的牛奶店门前经过时，那对孪生兄弟告诉他，主教一离开他们就要动手杀死圣地亚哥·纳萨尔。跟许多人一样，他觉得那不过是酒鬼的胡言乱语，但克洛蒂尔德·阿门塔提醒他这不是胡话，并恳请他跑去通知圣地亚哥·纳萨尔。

"您别麻烦了，"佩德罗·维卡里奥对他说，"不管怎么说，他注定得死。"

这个挑衅过于明显。孪生兄弟知道因达莱西奥·帕尔多和圣地亚哥·纳萨尔的关系不一般，他们想当然地认为，他是出面阻止犯罪又不让兄弟俩过于难堪的恰当人选。可是，当因达莱西奥·帕尔多瞧见圣地亚哥·纳萨尔被克里斯托·贝多亚拽着胳膊，随码头上返回的人流走来时，却不敢提醒他了。"我一时不知道该怎么办。"他对我说。他在两个人的肩膀上各拍了一下，眼睁睁地看着他们走了过去。他们几乎没有注意到他，还在专注地计算着婚礼的花销。

从码头回来的人跟他们两人同路，都朝着广场的方向走。在拥挤的人流中，埃斯科拉蒂卡·西斯内罗看到这两位好朋友走得畅通无阻，仿佛是在一个空荡荡的圆圈里徜徉，那是因为大家知道圣地亚哥·纳萨尔就要死了，都不敢接近他。克里斯托·贝多亚也记得人们对待他们的态度有些蹊跷。"他们看着我们，就好像我们脸上画了画。"他告诉我。还有更奇怪的，萨拉·诺列加打开鞋铺的大门时，看见这两个人正走过去，圣地亚哥·纳萨尔煞白的脸色把她吓了一跳。但是圣地亚哥反倒劝她别担心。

"你想啊，萨拉姑娘，"他边走边说，"我喝了那么多酒！"

塞莱斯特·丹贡德穿着睡衣坐在自家门前，嘲弄那些衣装整齐去迎候主教的人，他邀请圣地亚哥·纳萨尔进门喝杯咖啡。"那是为了想办法争取时间。"他对我说。但圣地亚哥·纳萨尔回答说，他急着回去换衣服，然后跟我妹妹玛戈特一起吃早餐。"我糊涂了，"塞莱斯特·丹贡德告诉我，"我突然觉得，既然他清楚自己要干什么，那就没有人能杀得了他。"贾米尔·沙尤姆是唯一按自己的想法采取了行动的人。一听到传闻，他就站在他的布店门口等候圣地亚哥·纳萨尔，想提醒他多加小心。他是和易卜拉欣·纳萨尔一起来这里定居的最后一批阿拉伯人中的一个；直到易卜拉欣过世，两人始终是牌友，现在他仍担任着他们家的顾问。要跟圣地亚哥·纳萨尔讲这件事，没有人比他更权威了。不过他又寻思,倘若传闻只是捕风捉影,那就没有必要提醒圣地亚哥。最好先和克里斯托·贝多亚聊聊,看他是否知道得更多。于是,克里斯托走过来时贾米尔叫住了他。克里斯托·贝多亚拍拍圣地亚哥·纳萨尔的背,然后朝贾米尔·沙尤姆走去。那个时候,圣地亚哥已经走到了广场的拐角。

"咱们礼拜六见!"克里斯托跟他告别。

圣地亚哥·纳萨尔没有应声,而是用阿拉伯语跟贾米尔·沙尤姆说了些什么,贾米尔也用阿拉伯语回了一句,笑得直不起身子。"那是个词语游戏,我们常用它取乐。"贾米尔·沙尤姆告诉我。圣地亚哥·纳萨尔边走边跟他们两人挥手道别,之后就拐过了广场。那是他们最后一次看见他。

克里斯托·贝多亚几乎没有听完贾米尔·沙尤姆的话就跑出布店去追圣地亚哥·纳萨尔。他看见他拐过了广场,却没有在渐渐散开的人群里找到他。他向好几个人打听,可是得到的回答都一样:

"刚看到他跟你在一起啊!"

他觉得圣地亚哥不可能这么快就进了家门,但为了以防万一,他还是决定进去瞧瞧,因为前门虚掩着没插门闩。进门时他没有看见地上的信。他穿过昏暗的厅堂,尽量不弄出动静,这个时辰登门拜访还太早,可是几条狗已经从房子深处吠叫着朝他奔来。他晃晃钥匙让它们安静下来,这一招是跟狗的主人学的。狗尾随着他进了厨房。他在走廊里碰见了迪维娜·弗洛尔,她正提着一桶水,拿着一块破布准备擦厅堂的地板。她肯定地告诉克里斯托,圣地亚哥·纳萨尔没有回来。他走进厨房时,维多利亚·古斯曼刚把兔子肉放进锅里炖煮。她看了一眼就明白了。"他的心已经提到了嗓子眼儿。"她告诉我。克里斯托·贝多亚问她圣地亚哥·纳萨尔在不在家时,她装作浑不知情的样子说,他还没有回来补觉呢。

"可不是闹着玩的,"克里斯托·贝多亚对她说,"他们正在找他,想杀了他。"

维多利亚·古斯曼忘记了刚才的伪装。

"那两个可怜的小伙子不会杀人。"她说。

"可他们从礼拜六开始就一直在喝酒。"克里斯托·贝多亚说。

"所以啊,"她答道,"你见过哪个糊涂酒鬼吃自己的大便?"

克里斯托·贝多亚又回到厅堂,迪维娜·弗洛尔刚刚推开窗户。"那时肯定没有下雨,"克里斯托·贝多亚对我说,"还不到七点,金灿灿的阳光从窗户外面照进来。"他回过头去问迪维娜·弗洛尔,能否确定圣地亚哥·纳萨尔没有从厅堂的门进家来。这一次,她不像之前那么坚决了。他又向她问起普拉西达·利内罗,她回答说,已经把咖啡放到她的床头柜上,但还没有叫醒她。普拉西达平时都是七点起床,然后喝咖啡,下楼吩咐午餐做什么。克里斯托·贝多亚看了一眼手表,六点五十六分。于是他上了二楼,想确认圣地亚哥·纳萨尔真的没有回来。

圣地亚哥卧室的门从里面锁着，因为他是穿过母亲的卧室走出去的。克里斯托·贝多亚不仅像对自己家一样了解这栋房子，而且与这家人交情深厚，因此他推开普拉西达·利内罗卧室的房门，准备穿过它去隔壁房间。一束阳光从天窗射进来，尘埃在光线里飞舞。那个美丽的女人侧卧在吊床上，少女一般的手放在脸颊边，轮廓看上去有些不真实。"就像个幽灵。"克里斯托·贝多亚告诉我。他被她的美所吸引，盯着她看了一会儿，而后悄悄穿过卧室，经过浴室门前，进了圣地亚哥·纳萨尔的房间。床铺整整齐齐，椅子上搁着骑士帽，马刺和长靴躺在地板上。床头柜上，圣地亚哥·纳萨尔的手表指向六点五十八分。"我突然想到，他可能回来拿了枪又出门了。"克里斯托·贝多亚对我说。不过他很快在床头柜的抽屉里找到了马格南手枪。"我从来没有用过枪，"他告诉我，"但我决定带上这把左轮手枪，捎给圣地亚哥·纳萨尔。"他把枪插在腰带上，用衬衣遮住，只是凶杀案发生之后他才意识到枪里没上子弹。他关上抽屉的瞬间,普拉西达·利内罗端着小杯咖啡出现在卧室门口。

"上帝啊,"她惊叫一声,"看你把我吓的!"

克里斯托·贝多亚也被吓了一跳。他看见她站在阳光下,穿着绣有金色云雀的睡袍,头发披散着,迷人的魅力已经烟消云散。他含混地解释了两句,说他是进来找圣地亚哥·纳萨尔的。

"他去迎接主教了。"普拉西达·利内罗说。

"主教直接随船走了。"他说。

"我就知道,"她应了一句,"这家伙准是没教养的女人生养的。"

她没有再往下说,因为这时她注意到克里斯托·贝多亚有点手足无措。"愿上帝饶恕我,"普拉西达·利内罗对我说,"看他那么慌乱,我突然想到他是不是来偷东西的。"她问他哪里不舒服。克里斯托·贝多亚意识到自己受了怀疑,但还是没有勇气告诉她实情。

"昨晚我一分钟也没合眼。"他对她说。

他没有再解释什么，就告辞离开了。"反正，"他告诉我，"她总是觉得别人要偷她的东西。"在广场上他遇到阿马尔多神父，弥撒没有做成，神父正拿着法衣走回教堂去。但是克里斯托觉得神父除了拯救圣地亚哥·纳萨尔的灵魂，其他什么也做不了。他又往码头跑，这时听到克洛蒂尔德·阿门塔的店铺门口有人叫他。佩德罗·维卡里奥站在门外，面色苍白，头发蓬乱，衬衣敞开着，袖子一直挽到胳膊肘，手里握着他自己用钢锯改造的粗陋的屠刀。他的态度极为张狂，显得很不自然；不过在最后时刻，为了让人阻止他杀人，他曾不止一次摆出这副姿态，有时甚至更加嚣张。

"克里斯托，"他喊道，"去告诉圣地亚哥·纳萨尔，我们在这儿等着要宰了他。"

克里斯托·贝多亚本来可以帮忙阻止他们。"假如我知道怎么开枪，圣地亚哥·纳萨尔肯定能活到今天。"他对我说。然而，他曾经太多次听人们说起钢弹头的破坏力，现在脑海中只蹦出了这个念头。

"我警告你,他可带着马格南手枪,一枪就能打穿火车头。"他吼道。

佩德罗·维卡里奥知道他在瞎扯。"他只有穿猎装的时候才佩枪。"他告诉我。虽然这么说,但他决心雪洗妹妹的耻辱时,也曾考虑过这种可能性。

"死人不会开枪。"他喊道。

这时候巴勃罗·维卡里奥出现在门口。他跟他弟弟一样面无血色,还穿着参加婚礼时的外套,手里攥着用报纸裹着的刀。"如果不是这件事,"克里斯托·贝多亚告诉我,"我永远不会认出他们俩谁是谁。"克洛蒂尔德·阿门塔出现在巴勃罗·维卡里奥身后,她朝克里斯托·贝多亚喊,让他赶快做些什么,因为在这个怯懦的小镇上只有像他这样的男子汉才能阻止这场悲剧。

后来的一切,都发生在众目睽睽之下。从码头返回的人们听到呼喊警觉起来,纷纷占据广场上的有利位置,准备观看凶杀案上演。克里斯托·贝多亚向好几位熟人问起圣地亚哥·纳萨尔，但是没有人见过他。在俱乐部门口，克里斯托撞见了拉萨罗·阿庞特上校，跟他汇报了刚刚在克洛蒂尔德·阿门塔店门口发生的事情。

"不可能，"阿庞特上校说，"我已经命令他们俩回去睡觉了。"

"我刚才亲眼看见他们拿着屠刀。"克里斯托·贝多亚说。

"那不可能，我让他们回家睡觉之前，把刀没收了，"镇长说，"你肯定是在那以前见的他们。"

"两分钟前我刚看到的，他们每人攥着一把屠刀！"克里斯托·贝多亚说。

"啊，该死，"镇长说，"那他们肯定是另外取了两把刀又回来啦。"

镇长答应即刻处理这件事，可是他转身进了俱乐部，约定了当晚一场多米诺骨牌的牌局，等他再出来时凶杀案已经发生。克里斯托·贝多亚当时犯下了唯一致命的错误：他想到圣地亚哥·纳萨尔可能会在最后一刻决定不换衣服，先到我们家来吃早餐，于是便来我们家找他。他沿着河边匆忙地走着，询问碰见的每一个人有没有看见圣地亚哥，但是人人都说没有。他并没有惊慌，因为去我们家还有别的路。这时候，内地女人普罗斯佩拉·阿朗戈请求他帮忙，她父亲正躺在自家门口的石阶上奄奄一息，主教短暂的祝祷似乎无济于事。"我路过时看见那个老人了，"我妹妹玛戈特告诉我，"他的脸色看上去像个死人。"克里斯托·贝多亚耽搁了四分钟给病人做检查，他答应说处理完一桩急事马上回来，不过还是帮着普罗斯佩拉·阿朗戈把病人抬到卧室里，又耗费了三分钟。他出门时听到远处传来几声叫喊，像是广场那边燃响了爆竹。他想跑快些，可是腰带上的手枪没有放好，跑不起来。转过最后一个街角时，他认出了我母亲的背影，她几乎是在拖着小儿子往前走。

"路易萨·圣地亚加，"他喊住她，"您的教子在哪儿呢？"

我母亲勉强转过头来，已是泪流满面。

"孩子是你啊，"她答道，"都说他已经被杀了。"

果真如此。克里斯托·贝多亚四处找圣地亚哥·纳萨尔的时候，他进了未婚妻弗洛拉·米格尔的家。那栋房子就在克里斯托最后一眼瞧见他的街角。"我没想到他在那儿，"克里斯托·贝多亚告诉我，"因为那家人不到中午从不起床。"人们都说他们全家遵照阿拉伯人中的智者纳伊尔·米格尔的吩咐，睡到十二点才起来。"所以弗洛拉·米格尔岁数不小了，还保养得像朵玫瑰花。"梅塞德斯曾经这样评论。事实上，就像许多人家一样，他们只是很晚才开大门，起床却挺早，干活也勤快。圣地亚哥·纳萨尔和弗洛拉·米格尔的父母早就商量好结为亲家。圣地亚哥还在少年时就同意了这桩婚事，并准备履行婚约，或许是因为他跟父亲一样，对婚姻怀有一种功利的态度。弗洛拉·米格尔颇具风情，但是既没有才华又缺少见识，几乎给所有同龄人都做过伴娘,因此这桩婚事对她而言不啻为意外的美满归宿。订婚之后两人相处得平平淡淡,没有过正式的登门拜访,也没有过令人心旌荡漾的瞬间。婚期几度推延,最终定在下个圣诞节。

那个礼拜一,主教乘坐的轮船鸣响了头几声汽笛,吵醒了弗洛拉·米格尔,没过多久她就得知维卡里奥兄弟正等着要杀圣地亚哥·纳萨尔。那场不幸过后,她只和我的修女妹妹说过话,她说已经不记得是谁报的信了。"只知道早晨六点,这件事就已人尽皆知。"然而,她不相信维卡里奥兄弟真的会下手杀人,反倒以为他们会强迫圣地亚哥娶了安赫拉·维卡里奥,以挽回那姑娘的名誉。她顿时觉得受到了羞辱。半个镇子的人都去等候主教驾临时,她却生气地躲在自己房间里抽泣,整理着圣地亚哥从在学校时起寄给她的一匣子信。

圣地亚哥·纳萨尔无论何时经过弗洛拉·米格尔家,都会用钥匙划一下纱窗,即便家里没有人。那个礼拜一，弗洛拉把装满信件的小匣子抱在膝头，等着他经过。圣地亚哥·纳萨尔从街面上看不见她，她却没等他用钥匙划蹭纱窗，就透过窗户瞧见了他。

"你进来。"她轻喊一声。

清晨六点四十五分，从来没有人，即便是出急诊的医生也没有踏进过这栋房子。圣地亚哥·纳萨尔刚刚在贾米尔·沙尤姆的店门口跟克里斯托·贝多亚道别，广场上又有那么多人惦记他的行踪，却没有人瞧见他进了未婚妻的家，这一点实在令人费解。预审法官想找出哪怕一个见过他的人，他像我一样固执地找了许久，但最终也没能找到。在预审报告第三百八十二页上，他又用红墨水写了一句旁注："宿命让我们隐遁无踪。"其实，圣地亚哥·纳萨尔是在众人的眼皮底下进了弗洛拉家的大门，并没有刻意避人耳目。弗洛拉·米格尔在客厅等他，脸色像是得了霍乱似的发青，身上穿着重大场合才穿的礼服，褶饰带着不祥的意味。她将木匣一把撂在他的手里。

"拿去,"她说,"但愿他们杀了你。"

圣地亚哥·纳萨尔一时愣住了,没接住木匣,于是一封封没有爱意的情书散落在地上。他想拦住跑回卧室的弗洛拉·米格尔,可她关上了房门,并从里面闩上了插销。他敲了几下门,喊起她的名字,这喊声在清晨时分显得太过急切,全家人惊慌地围了过来。有血亲,有姻亲,有大人,有孩子,加起来不下十四位。最后出来的是父亲纳伊尔·米格尔,他留着红色的胡须,穿着贝都因人带帽子的外套,这衣服是他从故乡带来的,通常只在家里穿。我见过他很多次,他身材高大,举止沉稳,但让我印象最深刻的是他那威严的气势。

"弗洛拉,"他用他本族的语言说道,"把门打开。"

他进了女儿的卧室,其他人则目不转睛地看着圣地亚哥·纳萨尔。他正跪在客厅的地板上,捡起一封封情书放回木匣里。"好像在忏悔似的。"弗洛拉的家人告诉我。几分钟后纳伊尔·米格尔从房间里走出来,做了个手势，全家人便散去了。

他继续用阿拉伯语跟圣地亚哥·纳萨尔谈起话来。"从一开始我就明白，他对我所说的事毫不知情。"纳伊尔告诉我。于是他直截了当地问圣地亚哥，知不知道维卡里奥兄弟正在找他，要杀了他。"他脸色煞白，一下子慌了神，那副模样不可能是装出来的。"他对我说。而且他也认为，圣地亚哥当时的表现与其说是恐惧，不如说是茫然。

"只有你自己知道，他们说的事是真还是假，"纳伊尔·米格尔对他说，"但不管怎样，你眼前只有两条路：要么躲在这儿，这儿就是你的家；要么出门，拿上我的来复枪。"

"这是他妈的怎么回事，我没听明白。"圣地亚哥·纳萨尔说。

他半天只冒出这么一句话，用的是西班牙语。"他像只淋了雨的小鸟。"纳伊尔·米格尔对我说。他只得接过圣地亚哥手里的木匣，因为这个年轻人不知道

133

怎么腾出手去打开大门。

"出门可就是两个对付一个。"纳伊尔提醒道。

圣地亚哥·纳萨尔还是走出了门。人们像在游行的日子里那样，来到广场上占好位置。所有人都瞧见他出来了，所有人都明白他已经知道有人要杀他。他惶惑不安，不清楚哪条才是回家的路。据说有人从阳台上喊了一句："不是那边，土耳其人，往旧码头走！"圣地亚哥·纳萨尔想辨认出那喊声是谁发出的。贾米尔·沙尤姆招呼他躲进自己的店铺里，接着跑进去找猎枪，但他不记得把子弹放在什么地方了。人们从四面八方朝他呼喊，圣地亚哥·纳萨尔在原地转过来又转过去，一时间被那么多声音搞得晕头转向。他显然想从通向厨房的后门回家去，但他肯定是突然发现自己家的前门虚掩着。

"他来了。"佩德罗·维卡里奥叫道。

兄弟俩同时看见了他。巴勃罗·维卡里奥脱下外套，搭在椅背上，亮出他的阿拉伯式弯刀。他们走出店门前，不约而同地在胸前画了个十字。克洛蒂尔德·阿门塔一把拽住佩德罗·维卡里奥的衬衫，朝圣地亚哥·纳萨尔高喊让他快跑，他们要来杀他了。她的喊声是那样急迫，将其他声音都压了下去。"一开始他吓坏了，"克洛蒂尔德·阿门塔告诉我，"不知道是谁在朝他喊，也不知道声音从哪儿传来。"不过，当圣地亚哥看见她时，也就看见了佩德罗·维卡里奥，佩德罗一把将克洛蒂尔德推倒在地，赶上了他的哥哥。圣地亚哥·纳萨尔此刻距离自己家还不到五十米，他往大门奔去。

五分钟之前，维多利亚·古斯曼在厨房里将全世界都已经知道的事告诉了普拉西达·利内罗。普拉西达是个坚毅的女人，绝不会让自己流露出一丝恐慌。她问维多利亚·古斯曼，是否提醒过她的儿子。维多利亚有意撒了个谎，回答说他下楼喝咖啡时自己还什么都不知道。就在那时，正在厅堂里擦地板的迪维娜·弗洛尔看见圣地亚哥·纳萨尔从临着广场的大门进了家,登上从沉船上卸下的楼梯往卧室去了。"真的是他,我看得清清楚楚,"迪维娜·弗洛尔告诉我,"他穿着白衣裳,手里拿着什么看不清,好像是一束玫瑰。"于是当普拉西达·利内罗向她追问起自己的儿子时,迪维娜·弗洛尔还劝她放心。

"他一分钟前上楼去了。"她说。

然后普拉西达·利内罗发现了地上的信,但是她没想拿起来看。那场混乱的悲剧过去很久之后,有人读给她时,她才知道那上面写了什么。她透过门缝,看见维卡里奥兄弟正朝前门跑来,手中举着明晃晃的刀。从她的位置能看见维卡里奥兄弟,却看不见自己的儿子,因为他正从另一个角度往大门跑。"我以为他们要冲进来杀人。"她对我说。于是她奔向大门,猛地将门关死。挂上门闩的时候,她听到圣地亚哥·纳萨尔的呼喊,接着是骇人的砸门声,但她以为儿子在楼上,正从自己卧室的阳台上喝骂维卡里奥兄弟。她跑上楼去准备帮他。

她关上大门时，圣地亚哥·纳萨尔还差几秒钟就能冲进来。他用拳头砸了几次门，然后赶紧转过身，准备赤手空拳迎接敌人。"跟他正面相对的时候，我吓了一跳，"巴勃罗·维卡里奥告诉我，"因为我觉得他的脸有平时的两倍大。"佩德罗·维卡里奥从右侧挥着长刀刺过来，圣地亚哥·纳萨尔抬手去挡这第一刀。

"婊子养的！"他骂道。

刀扎穿他的右手掌，一直刺入右肋，只留了刀把在外面。所有人都听到了圣地亚哥痛苦的叫喊。

"我的妈啊！"

佩德罗·维卡里奥抡着屠夫的铁臂抽出刀来，几乎在同一位置砍了第二刀。"奇怪的是，拔出刀来不见血，"佩德罗·维卡里奥向法官供认，"我至少砍了他三刀，但是一滴血也没溅出来。"挨了三刀之后，圣地亚哥·纳萨尔双臂交叉抱住腹部弯下了腰，发出一声牛犊似的呻吟，想要背过身去。巴勃罗·维卡里奥拿着弯刀站在他左侧，给他留下了背上的唯一一道伤口。一股血柱喷出来，浸湿了他的衬衣。"闻起来像他的气味。"巴勃罗·维卡里奥对我说。受了三处致命伤，圣地亚哥·纳萨尔又转过身面朝他们，倚在被他母亲闩死的大门上，不再做任何抵抗，仿佛只想尽一分力帮他们杀了自己。"他不再喊叫了，"佩德罗·维卡里奥告诉法官，"相反，我觉得他好像在笑。"于是兄弟两人继续把他抵在门上，轻而易举地轮流将刀捅进他的身体。他们发现恐惧的另一端是一片耀眼的静水，他们像是在水中浮游。他们听不见整个小镇的嘶喊，看不见所有人正因他们的罪行而瑟瑟颤抖。"我感觉像在骑马飞奔。"巴勃罗·维卡里奥说。但两个人很快就回到现实中，因为他们已经耗光了体力，却觉得圣地亚哥·纳萨尔似乎永远都不会倒下。"妈的，我的表弟啊，"巴勃罗·维卡里奥告诉我，"你都想象不到，杀一个人有多难。"为了一次做个了断，佩德罗·维卡里奥想对准圣地亚哥的心脏，但他几乎砍到腋窝上了，因为猪的心在那个位置。其实，圣地亚哥·纳萨尔没有倒下，只是因为他们的用力砍杀将他钉在了门上。绝望之际，巴勃罗·维卡里奥在他腹部横砍一刀，整副肠子一下涌了出来。佩德罗·维卡里奥也想来这么一刀，但因为恐惧手抖得厉害，一刀砍在大腿上。圣地亚哥·纳萨尔仍然倚着门站了一会儿，直到他看见阳光下自己那泛着蓝色的干净的肠子，才终于跪倒在地。

普拉西达·利内罗呼喊着到楼上的卧室找她的儿子。她蓦然听到不知哪里传来其他人的喊声，于是从朝向广场的窗户探出头，看见维卡里奥兄弟正往教堂跑去。在他们身后紧追不舍的，是举着猎枪的贾米尔·沙尤姆和一些没有带武器的阿拉伯人。普拉西达·利内罗觉得危险已经过去了。她走到卧室的阳台上，这才看见圣地亚哥·纳萨尔脸贴着地倒在大门外，挣扎着想从身下的血泊里站起来。他歪歪斜斜地直起身子，梦游般地迈步往前走，双手捧着垂下的肠子。

他走了将近一百米，围着自家的房子绕了一周，从厨房门进了屋。他头脑依旧清楚，没有绕远沿着大街走，而是从邻居家直穿过来。庞乔·拉纳奥、他的妻子和五个孩子，还不知道门外二十步远的地方发生了什么事。"我们听见喊声，"他妻子对我说，"还以为那是迎接主教的欢庆活动呢。"圣地亚哥·纳萨尔进门时他们正在吃早餐，只见他浑身浸满鲜血，手里托着一摊内脏。庞乔·拉纳奥告诉我，"我永远忘不了那股粪臭味。"不过，据他的大女儿佩罗·阿赫尼达·拉纳奥说，圣地亚哥·纳萨尔还保持着往常的仪态，踱着步子，他那张撒拉逊人的脸庞配上粗硬的鬈发，看上去比平时更加英俊。走过餐桌时他朝他们笑了笑，接着往前穿过卧室，一直出了后门。"我们都吓瘫了。"阿赫尼达·拉纳奥对我说。我的姨妈韦内弗里达·马尔克斯正在河对岸自己家的院子里给鲱鱼刮鳞，看见圣地亚哥·纳萨尔迈下旧码头的台阶，步伐坚定地往自己家走。

"圣地亚哥，我的孩子，"她对他喊，"你出什么事了？"

圣地亚哥·纳萨尔认出她来了。

"他们把我杀了，韦内姑娘。"他说。

他绊倒在最后一级台阶上，不过立刻又站了起来。"他甚至还把沾在肠子上的尘土抖落干净。"韦内姨妈告诉我。他从那扇自六点钟起就敞开的后门进了家，随后脸朝下倒在了厨房的地上。

CRÓNICA DE UNA MUERTE ANUNCIADA by GABRIEL GARCÍA MÁRQUEZ
© GABRIEL GARCÍA MÁRQUEZ, 1981,
and Heirs of GABRIEL GARCÍA MÁRQUEZ
All Rights Reserved.

图书在版编目(CIP)数据

一桩事先张扬的凶杀案 /（哥伦）加西亚·马尔克斯著；魏然译. -- 2版. -- 海口：南海出版公司,2018.8
ISBN 978-7-5442-9246-7

Ⅰ.①一… Ⅱ.①加… ②魏… Ⅲ.①长篇小说－哥伦比亚－现代 Ⅳ.①I775.45

中国版本图书馆CIP数据核字(2018)第054239号

著作权合同登记号　图字：30-2012-062

一桩事先张扬的凶杀案
〔哥伦比亚〕加西亚·马尔克斯 著
魏然 译

出　　版	南海出版公司　(0898)66568511
	海口市海秀中路51号星华大厦五楼　邮编 570206
发　　行	新经典发行有限公司
	电话(010)68423599　邮箱 editor@readinglife.com
经　　销	新华书店
责任编辑	马秀琴
特邀编辑	陈　蒙
装帧设计	韩　笑
内文制作	杨兴艳
印　　刷	山东韵杰文化科技有限公司
开　　本	850毫米×1092毫米　1/32
印　　张	4.75
字　　数	90千
版　　次	2013年6月第1版　2018年8月第2版
印　　次	2024年8月第32次印刷
书　　号	ISBN 978-7-5442-9246-7
定　　价	39.50元

版权所有，侵权必究
如有印装质量问题，请发邮件至 zhiliang@readinglife.com